Patrick Budgen

Die Holzpyjama Affäre

Ein Wiener
Zentralfriedhofs-Krimi

edition a

»*Unter jedem Grabstein
liegt eine Weltgeschichte.*«

Heinrich Heine

Diese Luft. Diese herrliche Luft. Ich weiß nicht, wann ich sie zuletzt so genießen konnte. Der Duft der Pinienwälder mischt sich dazu, und durch das offene Autofenster strömt sie wie durch mich hindurch. Ich fühle mich seit langem wieder so richtig frei. Wie ein junger Mann. Nichts tut mir weh. Sogar auf der abgewetzten Rückbank meines Wagens habe ich keine Rückenschmerzen mehr. Nichts zwickt. Gar nichts.

Seit dem unerwarteten Ereignis vor einigen Stunden ruhe ich in mir. Ich habe es nicht kommen sehen. Anfangs habe ich mich noch dagegen gewehrt, aber ich war zu schwach. Dann war es geschehen.

Und jetzt diese Luft und diese Stille. Da ist nur das monotone Geräusch des Autos, das mit 150 Stundenkilometern dahinfährt. Niemand will etwas von mir. Niemand spricht mit mir. Niemand glaubt, mich unterhalten zu müssen. Die meisten meinen so etwas gut, aber es kann trotzdem nerven. Ich rede überhaupt nicht so gern. Auch nicht über die großen und wichtigen Sachen. Jedenfalls nicht über die Schönen. Durch das Reden lösen sie sich irgendwie auf und verschwinden aus dem Herzen. Wenn sie weg sind, bleibt einem alten Menschen die Einsamkeit. Die Frau am Steuer umklammert das Lenkrad etwas fester als sonst. Sie fährt unsicherer. Mir ist das egal. Ich könnte mit ihr rund um die Welt fahren. Ich genieße ihre Gesellschaft, auch in dieser schrägen Situation. Ich bin tiefenentspannt. Von mir aus könnte diese Autofahrt ewig dauern.

Montag, 7.02 Uhr

Er war nur den Bruchteil einer Sekunde unaufmerksam gewesen und hätte beinahe einen heftigen Zusammenstoß verursacht. Doch bevor Alexander Toth seinem Vordermann einen unfreiwilligen Stoß gab, hatte er sich eingebremst und war mit seinem Gefährt zum Stehen gekommen. Puh. Das war knapp. Er hatte gar nicht bemerkt, dass sich vor ihm eine lange Kolonne gebildet hatte. Sie erinnerte ihn an den täglichen Stau auf der Südosttangente, in dem er in seinem früheren Job mindestens drei Jahre seiner Lebenszeit verschwendet hatte.

Aus dem alten Radio tönte »Always look on the Bright Side of Life« von Eric Idle. Dieser Monty-Python-Song verlieh der frühmorgendlichen Szenerie eine besondere Ironie. Denn strahlend war hier in diesem neonbeleuchteten Keller wenig, und das Leben hatte zumindest die Hälfte der Teilnehmer dieser Karawane schon hinter sich.

Wie jeden Tag in der Früh holten die Bestatter hier ihre erste »Fuhr« aus der mit einer großen, silbernen Tür verschlossenen Kühlkammer. Davor bildete sich täglich eine morbide Warteschlange, in der sich ein Rollwagen mit Sarg an den nächsten reihte.

»Wo sind wir denn mit den Gedanken, Herr Journalist?«, schnauzte Karl in seine Richtung und klopfte dabei mit seinen wulstigen Fingern auf Toths Rollwagen. Karl, ein Bestatter, dessen Bauch aussah, als hätte er zwei Urnen verschluckt, nahm Toth seit seinem ersten Arbeitstag hier am Wiener Zentralfriedhof auf die Schaufel. Zum

Glück nicht auf die der Totengräber. Toth spürte, wie sein blasses Gesicht rot anlief, wie immer, wenn ihn etwas ärgerte, und er fand, dass das in Kombination mit seinen vielen Sommersprossen nicht gerade vorteilhaft aussah.

Er war nervös wie bei seinen allerersten Live-Einstiegen, die er einst als Journalist fürs Fernsehen absolviert hatte. Denn er hatte sich fest vorgenommen, keine Fehler zu machen. Nicht heute. Er wusste, dass alle Augen auf ihn und seine Arbeit gerichtet waren. Nach mehr als vier Monaten bei der Bestattung Wien samt Blitzkurs zum Bestatter war er heute erstmals auf sich allein gestellt.

»Bei den Nachrichten im Fernsehen hat deine Gesichtsfarbe immer entspannter gewirkt«, setzte Karl, der seit dreißig Jahren dem Tod täglich ins Auge sah, nach.

»Die Maskenbildnerin war bei der Chefin hier leider nicht drin«, konterte Toth, der sich trotz hohen Adrenalinspiegels glücklicherweise wie immer auf seine Schlagfertigkeit verlassen konnte.

Seine erste Kundin bekam von dem kleinen Schlagabtausch nichts mit. In einem faltenfrei gebügelten, zartrosa Sommerkleid lag sie da, als Toth wie vorgeschrieben kontrollierte, ob er für seine erste Trauerfeier die Richtige aus dem Kühlhaus abholte. Die Aufschrift am Eichensarg stimmte mit dem Namen und dem Geburtsdatum auf dem kleinen Zettelchen an der großen Zehe der Frau überein. Die Nägel der in hohem Alter Verstorbenen waren für ihre letzte Reise pink lackiert.

Als er, wesentlich langsamer als seine Kollegen, den Sarg wieder schloss und die Schrauben anzog, wurde ihm

klar, dass er nun wirklich in seinem neuen Leben angekommen war. Vor einem Jahr hatte er alles hingeschmissen. Seine Karriere. Seine Leidenschaft. Sein altes Ich.
Toth war Journalist mit Leib und Seele gewesen.

Fast sein ganzes Berufsleben lang hatte er Nachrichten
und Schlagzeilen gejagt, um sie dann seinem Publikum
zu verkünden. Zunächst als Reporter. Später auch als
Moderator. Toth war der Bluthund in der Redaktion gewesen. Fast zu jedem Grätzel der Stadt hatte er eine meist
blutige Geschichte auf Lager. Hier ein Doppelmord. Da
ein tödlicher Verkehrsunfall. Dort eine Geiselnahme.

Durch seine guten Kontakte war er meist zeitgleich
mit der Polizei am Tatort und kam so schneller als die
Konkurrenz zu den Informationen und Zeugeninter-
views, die er für seine Berichte brauchte. Er liebte es, sich
bei Nachbarn durchzufragen, neue Erkenntnisse aus Ermittlern herauszukitzeln und dann alles wie ein Puzzle
zusammenzusetzen. Ein Puzzle, das jeden Abend Hun-
derttausende Zuschauerinnen und Zuschauer vor den
Fernsehgeräten bestaunen konnten.

Toth war ein Workaholic gewesen. Immer im Einsatz.
Immer das Handy am Ohr oder das Tablet vor Augen.
Er hatte stets Angst gehabt, etwas Wichtiges zu verpas-
sen, und hatte so sein eigenes Leben verpasst. Denn das
bestand irgendwann nur noch aus täglich vier Stunden
Schlaf, drei Liter Kaffee und seiner Arbeit.

Es ging sogar so weit, dass er eines Morgens auf Twit-
ter las, dass es draußen geschneit hatte, bevor er auf
seinen tiefverschneiten Balkon direkt vor seinem Bett

blickte. Irgendwann fühlte er sich so ausgebrannt wie die Kerzenreste in der Schachtel neben dem Lastenaufzug, auf den er mit seiner schweigsamen Kundin im ärmellosen Sommerkleid gerade wartete. Zum Glück konnte sie nicht mehr frieren, denn im Keller vor den Kühlkammern hatte es gerade einmal zwölf Grad.

Es war ihm zu viel geworden. Alles. Sein Job. Sein Leben. Sein Drang nach Nachrichten. Letzterer führte sogar dazu, dass Toth bei seinem letzten Einsatz als TV-Reporter einen international gesuchten Doppelmörder stellte. Nachdem die Polizei den Tatort am Stadtrand freigegeben hatte, legte er sich in seinem türkisfarbenen Renault Twingo auf die Lauer, weil er im Gespür hatte, da könnte noch etwas passieren. Und tatsächlich. Um zwei Uhr morgens irrte eine dunkle Gestalt rund um das Haus jenes Ehepaares, das hier vor wenigen Stunden getötet worden war.

Toth zückte sein Handy, rief seinen Kontaktmann Chefinspektor Herbert Berger bei der Polizei an und meldete den Verdächtigen. Toth wurde in den Wochen darauf als Held gefeiert und mit Auszeichnungen überschüttet. Sogar eine goldene Anstecknadel des Bürgermeisters, die er kurz darauf verlor, bekam er überreicht. Aufmerksamkeit, die er über sich ergehen ließ, die ihn aber noch mehr stresste und ihn einen Entschluss fassen ließ.

Nach zwanzig Jahren im Mediengeschäft hatte er das Gefühl, sein Leben an sich vorbeiziehen zu sehen. Kein Ruhm und kein Geld konnten dieses deprimierende Gefühl stoppen. Drei Monate hatte er sich krankschreiben lassen, bevor er seinen Job an den Nagel hängte. Er sehnte sich nach Ruhe. Nach geregelten Arbeitszeiten. Nach Digital Detox. Nach Beschäftigung mit sich selbst. Nach Work-Life-Balance.

So wurde es Friedhof statt Fernsehen. Ein alter Bekannter hatte ihm von der offenen Stelle als Bestatter erzählt. Toth hatte, wenn gerade kein Mord passiert war, was auch hin und wieder vorkam, von zahlreichen Promi-Begräbnissen berichtet. Erste Reihe fußfrei. Es war seine zweite Leidenschaft. Schauspieler, Sängerinnen, Politiker. Für viele von ihnen gab es Zeremonien, bei denen die Kaiserfamilie in der Kapuzinergruft blass vor Neid geworden wäre.

Der gerade eben pensionierte Ober-Bestatter, der diese Trauerfeiern organisiert hatte, war über die Jahre sein Freund geworden und hatte ihm zum Wechsel in die Branche mit dem todsicheren Geschäftsmodell geraten. Der Zentralfriedhof als ruhiger und atemberaubend schöner Arbeitsplatz voller Natur, den Toth auch von den Besuchen seines verstorbenen Journalisten-Mentors Otto Wurm kannte, hatte ihn schließlich von dem gewagten Schritt überzeugt, obwohl nicht alle in seinem Umfeld sonderlich begeistert davon gewesen waren.

Vor allem seine Mutter Leopoldine hatte ihn mit allen Registern der mütterlichen Überzeugungskraft davon abzubringen versucht. Vergeblich. Sein Sturschädel, der ihm beruflich schon unzählige Türen geöffnet hatte, öffnete auch das berühmte Tor 2 zum Zentralfriedhof, auf dem er nun in seinem dunkelgrauen Arbeitstalar mit dem Aufzug nach oben zu den Trauerhallen fuhr.

Alle Bestatter bekamen um sieben Uhr Früh ihre Aufträge zugeteilt. In der handgeschriebenen Liste standen bei Toth heute gleich vier Verstorbene, die er zu verabschieden hatte. Mit der Pink-Lady am Rollwagen machte er sich auf zu seiner ersten eigenen Trauerfeier.

Er hievte gerade einen großen Kranz mit rosa Rosen, die der Ehemann der Verstorbenen bestellt hatte, auf einen der Ständer, als es laut miaute. Miau, miau. Der Katzenlaut erfüllte die gesamte weißmarmorierte Halle. Hektisch griff Toth in die rechte Tasche seiner schwarzen Arbeitshose, fischte sein Handy heraus und ärgerte sich, dass er es nicht auf lautlos gestellt hatte. Alte Berufskrankheit.

Früher hatte er nichts verpassen dürfen. Zu keinem Zeitpunkt.

Er bemerkte, wie der dicke Karl und ein anderer Kollege aus der Nachbarhalle herüberlugten, ihre Köpfe zusammensteckten und tuschelten. Er war der Neue. Er war der aus dem Fernsehen. Toth war klar, dass er hier damit keinen Beliebtheitswettbewerb gewinnen würde.

Doch er hatte sich dafür entschieden und diesen Entschluss auch nicht bereut.

»Lieber Alex! Du weißt, ich hätte dich lieber weiter im Fernsehen gesehen. Aber ich wünsche dir toi, toi, toi für deinen ersten richtigen Arbeitstag bei der Bestattung heute. Ich hoffe, du findest die Ruhe, die du dir gewünscht hast. ☺☺☺ Hab dich sehr lieb. Deine Mama«, stand in der WhatsApp-Nachricht, die die schlafende Katze in Toths Smartphone geweckt hatte.

11

Ganz hatte seine Mutter seinen beruflichen Wechsel also noch nicht akzeptiert, dachte sich Toth, als er die Nachricht ein zweites Mal las. Aber immerhin hatte sie sich gemerkt, wie man Emojis verschickte. Der neuerliche Crashkurs nach dem Abendessen am Wochenende hatte sich also ausgezahlt.

Als er alle Blumenkränze drapiert und die großen, weißen Kerzen angezündet hatte, war er zufrieden. Alles sah schön und würdig aus. Wie es die Hinterbliebenen bestellt hatten. Toth war ganz sicher, dass dies der erste ruhige Tag in seinem bisherigen Berufsleben werden würde.

Montag, 9.05 Uhr

Seine für einen Mann zierlichen Hände wirkten auf dem schwarz glänzenden Untergrund noch blasser, als sie eigentlich waren. Toth hob die Urne in Form eines Fußballes aus dem Regal, um sie dem passionierten Kicker zu präsentieren.

Zwischen zwei Begräbnissen hatte er sich den Beratungstermin in der modernen Zentrale der Bestattung, die gleich vis-à-vis vom Friedhof lag, eingeteilt. Alles hier war hell und freundlich, mit viel Glas und Bildschirmen an den Wänden. Es sah fast so aus wie in einem dieser Kapsel-Kaffee-Geschäfte, nur dass die Gefäße, die zum Verkauf standen, hier größer waren. Und sie waren leer. Zumindest noch.

»Wissen Sie, ich lebe für meinen Verein und sterbe für meinen Verein«, sagte der rundliche, kleine Mann mit dem weißen Schnauzer. »Als ich in der Zeitung gelesen habe, dass es jetzt Urnen in Fußballform gibt, in den Farben meines Klubs, wusste ich, ich muss hier her.« Er war im Fußballdress gekommen.

Toth überreichte ihm die Urne. »Gute Wahl«, versuchte er ihn mit seiner fernsehgeschulten Stimme zu bestärken.

»Das ist derzeit unser Verkaufsschlager.«

»Meine Frau weiß nicht, dass ich hier bin«, erklärte der Fußballfan mit hörbarer Emotion in der Stimme. »Sie würde das nicht verstehen. Aber jetzt, wo ich mir vorstelle, dass das hier mein letztes Zuhause wird, weiß

13

ich, dass es richtig ist, vorzusorgen. Auch wenn es hoffentlich noch dauert, bis ich ins Gras beiße.« Er reichte Toth die Urne zurück, vorsichtig, als handle es sich um ein rohes Ei.

»Wunderbar. Erledigen wir noch rasch den Papierkram, dann gehört das gute Stück Ihnen«, antwortete Toth. Er war stolz, an seinem ersten richtigen Arbeitstag ausnahmsweise einen lebenden Kunden glücklich machen zu können.

Sie gingen zu Toths Büro zurück. Der Mann erzählte ihm, warum er lieber verbrannt als begraben werden wolle. »Ich war auf Kur, und nach den Schlammpackungen habe ich gewusst, die Erde ist nix für mich«, sagte er, als Toths Blick hängengeblieben war. Er kniff die Augen zusammen und versuchte, die Szenerie, die sich direkt vor dem großen, gläsernen Portal der Bestattung abspielte, einzuordnen.

Im ersten Moment sah es aus wie einer dieser Flashmobs, über die Toth immer wieder berichtet hatte, bei denen sich Menschen verabredeten, um sich scheinbar zufällig zu einer Kundgebung zusammenzurotten. Doch das war es nicht. Rund um einen alten Mann im Rollstuhl hatten sich gleich mehrere von Toths Kolleginnen und Kollegen versammelt, Bestatter im dunklen Talar, aber auch zwei Kolleginnen vom Empfang und seine deutsche Chefin Bärbel Hansen. Neben ihnen bemerkte Toth eine zierliche, schwarzhaarige Frau, die gerade mit zwei uniformierten Polizisten im Gespräch war. Sie wirkte aufgeregt.

Toth lenkte seinen Blick noch einmal zurück zu dem Mann im Rollstuhl. Gegen den Greis, der offenbar noch seinen Pyjama trug, sah er selbst aus wie frisch aus dem Karibik-Urlaub heimgekehrt, auch wenn er bei solchen Gelegenheiten eher rot als braungebrannt war. Mit einem Blick streifte er seine eigene blasse Hand, in der er bereits einen schwarzen Bestattungskugelschreiber für die Unterzeichnung des Urnen-Kaufvertrages hielt.

Beim genaueren Hinsehen erkannte Toth noch ein Detail an dem Rollstuhl. Ein schwarzer Rucksack, aus dem durchsichtige Schläuche herausragten. Solche Sauerstoff-Flaschen hatte er in seiner Zeit als Rettungssanitäter während seines Zivildienstes oft gesehen. Vielleicht sollte jemand den Regler auf Maximum drehen, um die Gesichtsfarbe des Mannes zu verbessern, dachte Toth, als ihn der Fußballfan aus seinen Gedanken riss. »Wo ist denn nun Ihr Büro?«, fragte er ungeduldig.

»Folgen Sie mir bitte. Es ist gleich hier rechts ums Eck«, antwortete Toth gedankenverloren.

Nachdem die schwarz-blaue Fußballurne ihren Besitzer gewechselt hatte, packte der Kunde sie in eine Sporttasche und verließ mit stolzer Brust, als hätte er soeben einen Pokal gewonnen, Toths Büro. Neugierig wollte Toth vor den Eingang treten, um zu sehen, was da rund um den Mann im Rollstuhl im Gange war. Doch da erfüllte ein sonores Klingeln den Raum. »Bestattung Wien, Alexander Toth am Apparat, was kann ich für Sie tun?«, meldete er sich vorschriftsgemäß, als er den Hörer des im Gegensatz zum Gebäude nicht mehr topmodernen

Telefonapparats abhob. ... »Ja, Sie haben richtig gehört. Der bin ich.« ... »Nein, ich arbeite nicht mehr beim Fernsehen, ich bin jetzt Bestatter.« ... »Das ist lieb von Ihnen. Aber ich bin ganz glücklich hier. Was kann ich denn für Sie tun?«

Nach etwa 15 Minuten war das Kunden- beziehungsweise Fangespräch beendet. In die Trauer der älteren Dame am anderen Ende der Leitung hatte sich eine Mischung aus Aufregung und Bewunderung darüber gemischt, dass sie tatsächlich gerade mit *dem* Alexander Toth telefoniert hatte. Mit dem Schwiegermutter-Traum aus dem Fernsehen, der seit einem Jahr nicht mehr am Bildschirm zu sehen war. »Ewig schade«, hatte die Witwe befunden.

Ein Blick auf die Uhr riss Toth aus seinem Ausflug in sein altes Leben. Er musste los. Die nächste Beerdigung stand an. Er hatte noch jede Menge vorzubereiten. Es ging wieder um Fußball, diesmal um einen verstorbenen Fußballtrainer, der sich für einen ganz normalen Sarg entschieden hatte.

Als Toth den dunkel verkleideten Glaskasten der Unternehmenszentrale verließ, erinnerte nur noch die zierliche Frau, die vorhin so aufgeregt gewesen war, an den kleinen Menschenauflauf, den er so aufmerksam beobachtet hatte. Alle anderen waren verschwunden. Der Mann im Rollstuhl. Die Polizei. Und auch seine Chefin. Letzteres störte ihn am allerwenigsten.

Toth hatte es sich in seiner langen Journalistenkarriere angewöhnt, Menschen binnen Sekunden zu scannen und einzuschätzen. Die Frau vor ihm, die mit dem Rücken an einem uralten, silbernen Volvo lehnte, wirkte nach wie vor angespannt und müde. Ihre Augenringe hatten beinahe die Farbe ihrer pechschwarzen Haare, die sie zu einem Pferdeschwanz gebunden hatte. Das Einzige, das ungewöhnlich hell an ihr funkelte, war ein wahrscheinlich wertvoller Ring mit einem roten Stein, den sie am linken Ringfinger trug. Er glitzerte im Tageslicht, als sie nervös an ihrem grauen Wollpullover herumzupfte. Toth hatte zwar keine Ahnung von Mode, aber dass es sich im Gegensatz zu dem Ring um ein eher billiges Exemplar handelte, erkannte sogar er. Mit der anderen Hand hielt sie ihr Handy ans Ohr.

Irgendjemand sprach sehr laut mit ihr.

Toth konnte zwar nicht verstehen, worum es ging, aber er hörte, dass der oder die viel zu sagen hatte. Mit möglichst langsamen Schritten ging er an ihr vorbei. Der tote Fußballtrainer würde ihm wohl nicht davonlaufen. Er wollte es sich zwar nicht richtig eingestehen, aber seine Neugierde gab ihm eine Art inneren Befehl, zumindest kurz die Stimme der Frau zu hören. Möglicherweise konnte er sich damit einen Reim darauf machen, was es mit dem Polizeieinsatz auf sich hatte.

Nun erhob die Frau, die ihn offensichtlich nicht bemerkte, ihre zittrige Stimme. »Nein, das habe ich der Polizei natürlich nicht erzählt«, sagte sie. Nach einer kurzen Pause fuhr sie fort: »Ich sorge dafür, dass sie nicht in falsche Hände gerät.«

Montag, 11.36 Uhr

Einen Vorteil hatte es, dass Toth fast zwei Jahrzehnte lang beim öffentlich-rechtlichen Fernsehen und damit in einem großen, staatsnahen Betrieb gearbeitet hatte. Er kannte diesen Brauch schon, der ab exakt elf Uhr Vormittag sicht- beziehungsweise hörbar wurde. »Mahlzeit!«, »Mahlzeit!«, »Mahlzeit«, erklang es von da an überall. Egal, ob er wie gerade eben auf dem Weg zum Mittagessen war oder zu einer Beerdigung. Auf den Gängen genauso wie zwischen den Gräbern. Die Bestattungsmitarbeiter grüßten einander genau wie die Fernsehleute ab dem späten Vormittag mit einem im breiten Wienerisch lang gezogenen »Mahlzeit!«. Er selbst hatte es gezählt neunmal gesagt, bis er tatsächlich am Tisch der Betriebskantine saß und sein weibliches Gegenüber ebenfalls mit »Mahlzeit« begrüßte.

Toth und Marie-Theres saßen direkt an der Glasfront mit Blick auf den zweitgrößten Friedhof Europas. Hätte die Bestattung Wien nicht ohnehin eine verlässliche Einnahmequelle, hätte sie das Betriebsrestaurant wohl ohne Mühe als Touristenattraktion vermarkten können.

In die Geräuschkulisse aus klappernden Plastiktabletts, der Fritteuse, in der heute Kartoffel-Wedges brieten, und den unzähligen »Mahlzeit«-Rufen mischte sich etwas mehr Stimmengewirr als sonst. Anders als in der malerischen Kulisse gegenüber herrschte die ewige Ruhe hier zwar nie, doch irgendetwas war anders als sonst. Das spürte Toth. »Was ist denn hier heute los?

Irgendwie wirken alle so aufgeregt. Gabs eine Gehalts-erhöhung, von der ich nichts weiß?«, fragte Toth seine Mittagspausenbegleitung.

»Was bist du für ein Journalist? Hast du nicht mitbe-kommen, was da heute vor dem Haus los war?«, fragte ihn Marie-Theres etwas forsch, während sie sich eine gekonnt aufgewickelte Gabel Spaghetti Bolognese vom Menü 2 in den Mund schob.

Marie-Theres Ehrenfels war Toths Lieblingskollegin. Zugegebenermaßen war sie auch die Einzige, die ihm als Außenseiter von Anfang an ohne Vorurteile begegnet war. Sie hatte ihn zwar aus dem Fernsehen gekannt, sich aber nicht gewundert, dass jemand nach so vielen Jahren einmal etwas anderes machen wollte. Die 37-Jährige war selbst eine »Job-Hopperin«. Yogalehrerin, Heilmasseu-rin, Fremdenführerin, Schweinezüchterin. Ihr Lebens-lauf war beachtlich bunt. Es war ihre Form der Sinnsu-che und wohl auch der Rebellion gegen ihre Familie, eine Ärztedynastie mit blauem Blut, die sie gern im weißen Kittel in einer Privatordination in der Innenstadt gese-hen hätte.

Jetzt trug die gutaussehende Frau mit den langen, ge-lockten, blonden Haaren Schwarz. Von Berufs wegen. Denn Marie-Theres war seit einigen Monaten die einzige weibliche Sargträgerin der Bestattung Wien. Fast zeit-gleich mit Toth hatte sie hier angefangen und die ande-ren belächelten sie genauso wie ihn. Ein Schicksal, das sie zusammenschweißte. Zumindest musste so keiner von ihnen allein beim Mittagstisch sitzen.

»Das glaubt dir ja keiner, wenn du das erzählst«, be-
richtete Marie-Theres. »Stell dir vor, da hat heute jemand
eine Leiche hergebracht. Direkt zu uns vor die Tür. Wie
wahnsinnig ist das denn bitte?«

»Eine Leiche?«, fragte Toth.

»Eine Leiche im Rollstuhl. Einen toten alten Mann.
Seine Pflegerin war angeblich mit ihm im Urlaub in Italien, wo er gestorben ist. Sie hat das dort nicht gemeldet.
Neeeeeein. Sie hat ihn einfach ins Auto gepackt und hierher zu uns gebracht. Das musst du dich trauen.«

»Deshalb also war er so bleich. Ich dachte mir noch,
der schaut nicht sehr gesund aus.«

»Was? Du hast ihn gesehen? Und du sagst mir nichts?«
Marie-Theres redete jetzt so laut, dass sich der Totengräber hinter ihr, der Menü 1, Wiener Schnitzel mit Wedges
aß, genervt umdrehte.

»Ich hatte gerade einen Kunden. Außerdem geht
mich das nichts an«, versuchte Toth die Diskussion zu
beenden.

Marie-Theres kam jetzt erst so richtig in Fahrt. »Ich
habe von einem Fall gehört, bei dem ein Mann in Ameri-
ka seine Frau mit Tabletten umgebracht und sie dann ins
Bett gelegt und zugedeckt hat. So als würde sie schlafen.
In der Früh hat er dann die Rettung gerufen und gesagt,
sie sei nicht mehr aufgewacht. Sie wollten sie schon be-
erdigen. Stell dir vor. Die Tochter der Frau hat aber nicht
lockergelassen, und so sind sie bei der Obduktion draufgekommen, dass sie umgebracht wurde ...«, erzählte Marie-Theres mit aufgeregter Stimme.

»Du hörst zu viele True-Crime-Podcasts. Und außerdem: Was hat das mit dem Mann im Rollstuhl zu tun?« Toth wusste, dass die Antwort wie aus der Pistole geschossen kommen würde.

»Meinst du das ernst? Du hast doch jahrelang über Mordfälle berichtet und mit der Polizei zusammengearbeitet. Kommt dir das nicht verdächtig vor? Da stimmt doch was nicht. Warum ruft die Frau in Italien nicht einfach die Rettung, wenn der ganz normal gestorben ist?«

»Meinst du die dunkelhaarige, zierliche Frau? Die mit dem slawischen Akzent?«, fragte Toth vorsichtig.

»Hast du die auch gesehen, oder wie?«

»Nur kurz. Wie eine Mörderin hat sie jedenfalls nicht ausgesehen«, sagte Toth und schob den Gedanken an den bemerkenswerten Ring zur Seite, der sich ihm unwillkürlich aufdrängte. Und den an die merkwürdigen Sätze, die er sie hatte sagen hören. Er versuchte, das Thema zu wechseln. »Wie viele Tote musst du heute noch schultern?«, fragte er.

»Ist das dein Ernst? Willst du nicht wissen, was mit dem alten Mann passiert ist? Wo ist dein Journalisten-Ethos? Hast du den auch schon begraben?« Marie-Theres wirkte jetzt richtig zornig.

»Ich bin kein Journalist mehr«, knurrte Toth. »Das weißt du. Ich habe viel zu viel Zeit an Tatorten verbracht und mit Ermittlern und Zeugen geredet. Das ist vorbei. Ich bin hier, weil ich endlich ein ruhiges, entspanntes Arbeitsleben genießen will. Das lass ich mir von einem Hirngespinst nicht nehmen. Punkt.« Toth merkte, dass er nicht mehr ganz so gelassen klang wie bei seinem Verkaufserfolg am Vormittag.

»Okay. Ich fasse zusammen: Herrn Alexander Toth, dem langjährigen Topjournalisten und Aufdecker ist es herzlich egal, wenn ein alter Mann heimtückisch ermordet und vor seinen Augen eingegraben wird. Bravo. Ich hoffe, deine Work-Life-Balance dankt es dir. Von mir kriegst du jedenfalls keinen Orden dafür«, blaffte Marie-Theres. Toth trank den letzten Schluck seines Cola Light aus, nahm sein Tablett mit der Hälfte seiner Spaghetti, beugte sich über den Tisch ganz nah zu Marie-Theres und sagte: »Meine Liebe, auch wenn du es nicht wahrhaben willst. Ich bin Bestatter und kein Ermittler, und wenn mich das Schicksal verfolgt, sage ich trotzdem nein.« Nachdem er das weiße Plastiktablett in den dafür vorgesehenen Ständer geschoben hatte, drehte er sich noch einmal zu Marie-Theres um. »Mahlzeit!«, rief er ihr zu.

Montag, 12.21 Uhr

Dass er vor einigen Jahren noch einen Halbmarathon in weniger als zwei Stunden gelaufen war, merkte Toth nicht mehr. Schon die 200 Meter, die zwischen den beiden Trauerhallen lagen, ließen ihn etwas außer Atem kommen und schwitzen.

Die Herbstsonne hatte für Ende Oktober noch erstaunlich viel Kraft. Seine Kondition hatte er in jenem Fitnesscenter gelassen, für das er zwar weiterhin monatliche Mitgliedsbeiträge zahlte, das er aber seit Ewigkeiten nicht mehr von innen gesehen hatte. Was sich auch an seinem leichten Bauchansatz zeigte.

Toth war im Stress. Auf der handgeschriebenen Liste war sein vorletzter Verstorbener für heute durchgestrichen und durch einen neuen Namen ersetzt worden. »Walter Pointner« stand da. Daneben ein kleines, gelbes Post-it mit einer Notiz: »Kollege akut erkrankt. Es ist alles vorbereitet. Bitte übernehmen. Danke!«

Er musste nun im Eiltempo ins Kühlhaus der Trauerhalle, wo der Verstorbene lag. Außerdem sollte er sich auch rasch in den Ablauf der Trauerfeier einlesen und kontrollieren, ob alles im Saal so war, wie Walter Pointners Angehörige es gewünscht und bestellt hatten.

Als Toth schon fast bei der imposanten Halle 2 angekommen war, in der er als Journalist über zahlreiche Promi-Begräbnisse berichtet hatte, hätte er beinahe schon wieder einen Zusammenstoß verursacht. Das zweite Mal heute. Diesmal handelte es sich allerdings nicht um einen Sarg, sondern um zwei weißhaarige, ältere Damen, die unversehens seinen Weg kreuzten.

»Warum haben Sie es denn so eilig? Ihre Kundschaft wird Ihnen schon nicht davonlaufen!«, scherzte eine der Frauen, die in ihrer rechten Hand eine hellgrüne Plastikgießkanne hielt.

»Da haben Sie recht, gnädige Frau«, antwortete Toth, dem in seinem dunkelgrauen Bestattungstalar immer heißer wurde. »Aber die Angehörigen warten. Haben Sie noch einen schönen Tag.«

»Den werde ich haben. Ich zumindest. Ich darf schon gießen, während meine Freundin, die Erni, noch kochen muss«, antwortete sie und gab dabei ihrer Begleiterin, die das Gesagte mit einem finsteren Blick quittierte, einen leichten Stoß mit dem Ellbogen.

Eine lustige Witwe. Und eine, die es gern wäre. Mit einem Schmunzeln in seinem roten Gesicht eilte Toth in den Keller der Trauerhalle, wo sich die Kühlkammern befanden. Als er am Ende des tristen Ganges, der ihn ein bisschen an seine alte Schule erinnerte, zu seinem Ziel abbog, traute er seinen Augen nicht. »Was machst du denn hier?«, fragte er. »Hast du dich verirrt?«

»Du hast meine Nachricht also bekommen«, antwortete Marie-Theres selbstzufrieden.

»Die auf dem Zettel? Die war von dir? Bist du verrückt geworden?«

»Beruhig dich. Deine Bestattung hat Karl übernommen, der war mir noch was schuldig. Du kannst dich jetzt in Ruhe um Walter Pointner kümmern«, grinste Marie-Theres.

»Was ist mit Walter Pointner?«, fragte Toth, während ihm die Antwort bereits dämmerte.

»Dreimal darfst du raten, Mister Super-Investigativ-Journalist«, sagte Marie-Theres, während sie den massiven Griff der Kühlkammertür gekonnt nach unten drückte und eiskalte Luft herausströmte. Auf der Digitalanzeige stand in grünen Zahlen 5,9 Grad geschrieben.

Toth genoss für einen kurzen Moment die willkommene Abkühlung, bevor sein Ärger über Marie-Theres zurückkehrte. »Ja, und jetzt?«, herrschte er sie an, als sie ihm deutete, das Kühlhaus zu betreten.

Gleich darauf wusste er endgültig, warum Marie-Theres ihn hierhergelockt hatte. Ganz rechts an der Wand zwischen den Regalen mit den Särgen in unterschiedlichen Farben und Materialien stand ein Rollstuhl. Auf ihm saß jener Mann, den Toth bereits heute Vormittag vor dem Eingang der Bestattung gesehen hatte.

Aus nächster Nähe sah er noch blasser aus.

»Er war schon mehr als zehn Stunden tot, als die Frau ihn bei uns abgeliefert hat«, sagte Marie-Theres.

Sie war offenbar stolz auf ihr Wissen.

»Danke, das sehe ich auch. Bestatterkurs, zweiter Tag. Die Leichenstarre setzt nach acht bis zehn Stunden ein«, kommentierte Toth fachmännisch den Umstand, dass der Tote nach der langen Autofahrt nicht liegend, sondern sitzend gekühlt wurde.

»Findest du das noch immer nicht seltsam? Wer fährt mehr als zehn Stunden lang mit einem Toten durch die Gegend und bringt ihn dann zur Bestattung?«

»Wenn da etwas nicht stimmt und sie davon weiß, warum sollte sie den Toten dann ausgerechnet zu uns bringen, wo klar ist, dass wir die Polizei rufen werden?«, fragte Toth. »Außerdem schau ihn dir doch an. Ein uralter Mann. Keine äußeren Verletzungen. Das kommt mir alles nicht besonders verdächtig vor.«

»Genau das ist ja der Punkt«, sagte Marie-Theres. »Das perfekte Verbrechen.«

»Jaja, ich weiß. Wie in deinen Podcasts.«

Toth wurde nach seinem Minimarathon jetzt doch ein wenig kalt hier unten. Er warf noch einen Blick auf den schweigsamen Protagonisten der Szene. Der war die ganze Zeit cool geblieben. Was ihm wohl leichtgefallen war, bei knapp unter sechs Grad, dachte Toth. Wenn er nicht wüsste, dass der alte Mann tot war, würde es fast so wirken, als hätte er gelassen der hitzigen Diskussion gelauscht, gemütlich im Schlafanzug.

»Zeit, den Pyjama durch einen Holzpyjama zu ersetzen, samt dem passenden Outfit dafür«, sagte Marie-Theres.

Toth ahnte, worauf sie hinauswollte.

»Als Bestatter bist du für das letzte Gewand unserer Kunden verantwortlich. Du könntest also zu ihm nach Hause fahren und dort nachsehen, ob du welches organisieren kannst. Und dich dabei etwas umsehen«, schlug Marie-Theres vor.

»Mich etwas umsehen?«, wiederholte Toth und versuchte, seine aufkeimende Neugierde zu unterdrücken.

Marie-Theres zupfte an den viel zu langen Ärmeln ihrer Sargträger-Uniform. Weil sie die einzige Frau war, gab es die nur in Männergrößen. Sie schaute ihn dabei hoffnungsvoll an. »Hier können wir gleich anfangen«, sagte sie und deutete auf den dunkelblauen Rollstuhl, an dessen Lehne ein schwarzer Rucksack mit Walter Pointners Sauerstoffgerät hing.

Marie-Theres öffnete mit einem Ritsch den Verschluss und holte einige Papiere aus der Tasche. Eine Bedienungsanleitung und eine zerknitterte ärztliche Verschreibung für das Gerät, samt einem Abholschein. Marie-Theres hielt letztere Toth unter die Nase, der die Diagnose COPD sowie den Namen eines Arztes lesen konnte.

»Was machst du da? Das sind private Dokumente«, zischte er seine Kollegin an.

»Ohne nachzuschauen werden wir nichts herausfinden«, sagte Marie-Theres und packte die silberne Sauerstoff-Flasche aus.

»Leg sie wieder zurück, Marie-Theres. Das ist eine Schnapsidee«, sagte Toth.

Der dünne Sauerstoffschlauch hing noch heraus, nachdem Marie-Theres die schwere Flasche wieder eingepackt hatte. Toth griff danach, um alles wieder so zu verstauen, wie sie es vorgefunden hatten. Als er den dünnen, glatten Kunststoffschlauch berührte, fiel ihm etwas auf. Was war das? Eine raue Stelle.

Ohne es Marie-Theres merken zu lassen, ließ er seinen Finger noch einmal darübergleiten. Es fühlte sich an wie ein kleiner Schnitt. Ein Minicut.

Seltsam, bei so einem neuen Gerät, dachte sich Toth. Möglicherweise ein Transportschaden? Wortlos stopfte

27

er den Schlauch zurück in den Rucksack. »Ist was?«, fragte Marie-Theres, die offenbar merkte, dass Toth über etwas nachdachte.

»Nein, gar nichts«, sagte er.

Für Toth stand fest, dass er in diesem Leben in keinen fragwürdigen Todesfällen mehr recherchieren, geschweige denn ermitteln würde. »Lass mich nachdenken«, sagte er trotzdem, um Marie-Theres' Hoffnungen nicht jetzt gleich völlig zu zerstören. Dabei nahm er sich vor, wieder öfter laufen zu gehen. Work-Life-Balance.

Montag, 14.23 Uhr

Obwohl eine dünne Staubschicht auf dem grauen Granit lag, spiegelte sich die Sonne darin. Toth musste genau hinsehen, um die Inschrift lesen zu können. In goldenen, leicht verwitterten Buchstaben stand der Name eines ihm unbekannten Mannes darauf. Darunter waren dessen Geburts- und Sterbedatum zu lesen. Toth war kein guter Kopfrechner, deshalb brauchte er einige Sekunden. 46 Jahre alt wurde der ihm namentlich unbekannte Philosoph, der hier vor mehr als hundert Jahren gewohnt hatte.

Mit dem Zeigefinger wischte Toth einen Strich in den Staubfilm, bevor sein Blick über die Hausfassade wanderte, an der die steinerne Tafel hing. Keine schlechte Adresse mitten im Weißgerberviertel zwischen Wienfluss und Donaukanal. Die zahllosen Touristenbusse, die hier jeden Tag ein- und ausfuhren, um Scharen von Menschen zum berühmten, kunterbunten Hundertwasserhaus zu bringen, konnten dem Denker mittlerweile egal sein. Doch wegen ihm war Toth nicht gekommen. Er war wegen eines weit weniger prominenten Mannes hier, wegen Walter Pointner.

Toth hatte sich tatsächlich von Marie-Theres dazu verführen lassen. Unterwegs hierher wollte er dreimal wieder umkehren. Doch jetzt stand er vor dem im Vergleich zu den anderen Gebäuden in der Gegend heruntergekommenen Altbau und las die Namen auf der Sprechanlage. Ich bin nur hier, um Gewand für den

armen, alten Mann zu holen, sagte sich Toth innerlich vor. Ich bin Bestatter, und das gehört zu meinen
Aufgaben.

Es waren nicht viele Namen, die neben den vergilbten Klingelknöpfen standen. In den meisten der kleinen
Halterungen für die Namensschilder steckten leere weiße Kärtchen. Sie sahen neu aus.

Mit schwarzem Filzstift in Blockbuchstaben geschrieben stand auf einem der Schilder »Pointner«. Toth
drückte einige Sekunden lang auf den dazugehörigen
Klingelknopf und wartete.

Nichts. Er probierte es noch einmal. Wieder nichts.
Die Pflegerin, die den alten Mann im Rollstuhl zur Bestattung gebracht hatte, war also nicht hier. Und auch
sonst niemand.

Während Toth die wenigen anderen Namen durch-
ging, erinnerte er sich daran, wie er als Journalist oft eine
»Glöckerlpartie« gemacht hatte. So hatten sie es in der
Redaktion genannt.

Wenn in einem Haus ein Mord oder ein anderes Verbrechen passiert war, läutete er zunächst die Nachbarn
heraus und befragte sie. »Nein, echt? Der war ein ganz
normaler Mensch. Er hat immer freundlich gegrüßt«,
bekam er meist als Antwort auf die Frage, ob an einem
mutmaßlichen Täter etwas auffällig gewesen war.

Aufgrund seiner jahrelangen Erfahrung wusste er, wo
er als Nächstes anläuten musste. »Hausmeisterin« war
auf dem Schild von Tür Nummer eins gerade noch zu lesen. Ein kurzes Surren. Offen war die Tür. Toth, selbst

30

Sohn einer Hausmeisterin, wusste, dass diese Berufs-
gruppe gern ohne langes Nachfragen öffnete.

Als er vorbei an den Postkästen, von denen einige auf-
gebrochen waren, die Stufen hinauf ins Mezzanin ging,
in den für Wiener Altbauten typischen ersten Halbstock,
spürte er in seiner Magengegend, wie unwohl ihm die Situation war, in die ihn Marie-Theres gebracht hatte.

Es war eine Schnapsidee gewesen, hierherzukommen.
Er war Bestatter. Kein Journalist. Und auch kein Ermittler. Aber er wollte seine Kollegin nicht enttäuschen. Außerdem wusste er, dass sie keine Ruhe gegeben hätte,
wenn er es nicht zumindest versucht hätte.

Also stieg Toth in die Liftkabine, die nichts für Menschen mit Platzangst war, und fuhr in den dritten Stock.
Dass Walter Pointners Wohnung dort zu finden war, hatte
er einer schwarzen Tafel mit weißen Steckbuchstaben im
Eingangsbereich des Hauses entnommen.

Die quietschende Aufzugstür öffnete sich, und Toth
hörte ein lautes Rascheln. Es klang wie die Chipspa-
ckung im Pausenraum, in die sein Kollege Karl im Mi-
nutentakt griff. Im Augenwinkel konnte Toth noch zwei
große, schwarze Müllsäcke sehen, die die Stiegen hinun-
terhuschten. Die Frau, die sie über ihre Schultern trug,
bemerkte er erst auf den zweiten Blick.

Hier hatte der alte Mann also gewohnt. Auf der dun-
kelbraunen Tür klebten mehrere bunte Tiersticker. In der
Mitte prangte ein Messingschild: Walter Pointner.

Toth klopfte an. Möglicherweise war ja doch jemand
zu Hause, der ihm ein frisches Hemd und eine Hose für

die Beerdigung geben konnte. Klopf. Klopf. Obwohl er die Tür nur leicht berührte, gab sie nach. Mit einem lauten Quietschen öffnete sich vor Toth das Reich eines Toten. Walter Pointners Reich.

»Hallo? Ist jemand zu Hause?«, rief Toth in die Wohnung hinein. »Mein Name ist Alexander Toth. Ich bin von der Bestattung Wien und komme wegen Kleidung des verstorbenen Herrn Pointner.«

Als auch nach dem dritten Versuch keine Antwort kam, setzte Toth einen Schritt in die Altbauwohnung. Es roch muffig. Nach einer Mischung aus Desinfektionsmittel und abgestandener Luft.

Direkt beim Eingang standen zwei schwarze Müllsäcke. Genau solche, wie sie gerade jemand die Treppen hinuntergebracht hatte.

Toth ging weiter und stand im Wohnzimmer. Alles wirkte abgewohnt und war angestaubt wie die Steintafel am Eingang des Hauses. Ins Auge stachen ihm zunächst nur drei leuchtend rote Katzen.

Sie bewegten sich nicht. Sie waren aus Keramik oder Ähnlichem und glänzten in einer verglasten Vitrine. Von der anderen Seite des Raumes aus lächelte eine Frau Toth entgegen. Sie fixierte ihn mit stahlblauen Augen und zwinkerte kein einziges Mal. Konnte sie auch nicht. Die schwarzhaarige Schönheit war aus Öl auf Leinwand und wohnte in einem wulstigen, goldenen Bilderrahmen.

Es sah hier aus wie bei vielen alten Menschen, in deren Wohnungen Toth in seiner Zeit als Zivildiener gewesen war. Medikamente. Zeitungen. Und noch mehr Medikamente.

Auf einem Schreibtisch in der rechten Ecke des Raumes stapelten sich jede Menge Unterlagen. Unzählige Papiere und Dokumente. Zwei Zugtickets fielen Toth ins Auge.

Er ging weiter in den nächsten Raum. Er war deutlich kleiner als das Wohnzimmer. Ein Bett stand darin und direkt unter einem Fenster ein kleiner Tisch aus Metall mit Schminksachen. Aus einem Bilderrahmen aus Herzchen lachte Toth schon wieder jemand an. Diesmal ein verliebt wirkendes Paar vor einem Taxi. Moment mal. Die Frau kam ihm bekannt vor.

Um Marie-Theres zu beweisen, dass er ihren Auftrag erfüllt hatte und es nichts, aber auch gar nichts Verdächtiges hier gab, zückte er sein Smartphone. Lieblos machte er ein paar Aufnahmen von der Wohnung. Die Müllsäcke im Vorzimmer ließ er aus. Marie-Theres hätte darin womöglich einen Versuch erkannt, Spuren zu verwischen.

Toth wollte die Wohnung rasch wieder verlassen, da fiel ihm im Vorbeigehen eine riesige Stereoanlage ins Auge. Sie war das Neueste und wohl Teuerste in Walter Pointners Wohnung. Ungewöhnlich. Aber auch wieder nicht. Wahrscheinlich war er einfach ein glühender Musikfan. Aber wo waren die Tonträger?

Toth ließ seinen Blick noch einmal durch das etwas schäbige Wohnzimmer schweifen. Doch auch beim zweiten Mal sah er keine einzige CD. Auch keine Kassette, keine Schallplatten und keinen USB-Stick. Nichts, womit sich diesem Gerät Musik hätte entlocken lassen können.

Er drückte versuchsweise auf die Playtaste. BUMMMM. Toth wäre beinahe vor Schreck gestorben und hätte sich zum toten Walter in die Kühlkammer gesellen können.

Aus den Boxen schallte es in einer derartigen Lautstärke, dass er zuerst nur den Bass wahrnahm. Die zahlreichen Hörgerät-Werbungen, die immer im Fernsehen liefen, hatten Walter Pointner offenbar nicht überzeugt. Als er den Ton leiser drehte, fühlte er sich tatsächlich kurz wie im Himmel.

Helle Glocken begleiteten die engelsgleichen Stimmen, die aus den Boxen der Stereoanlage kamen. Binnen Sekunden erfüllte eine weihnachtliche, besinnliche Stimmung den trostlosen Raum mit Wärme. Es war eine Melodie, die ins Ohr ging. Die Musik ließ ihn für einen Augenblick sogar vergessen, wo er gerade war und was er hier tat.

»Was machen Sie hier? Sind Sie von der Polizei?«, herrschte ihn eine Frau an und riss ihn aus seiner vorweihnachtlichen Tagträumerei.

Die Frau hatte er gerade auf einem mit Herzchen gerahmten Foto und am Vormittag vor der Bestattung gesehen. »Guten Tag«, sagte er. »Mein Name ist Alexander Toth, ich bin von der Bestattung Wien. Ich bin hier wegen Kleidung für Walter Pointner. Die Tür stand offen, und da dachte ich …«

»Da dachten Sie, Sie spazieren hier einfach herein. Das ist eine Frechheit! Ich werde mich über Sie beschweren. Und jetzt raus hier. Wo die Tür ist, wissen Sie ja«, schnauzte die Frau ihn an. »Und den Weg hätten Sie sich sparen können, die Kleidung hätte ich Ihnen schon noch vorbeigebracht.«

Toth sagte noch ein kurzes »Auf Wiedersehen«, murmelte ein »Danke Marie-Theres« in seinen Dreitagebart und verließ die Wohnung.

Das leichte Kribbeln, das er in der Wohnung gespürt hatte, legte sich gleich wieder, als er hinaus in den sonnigen Herbsttag trat. Er dachte dabei nur eines: Jetzt wurde es wirklich Zeit, dass sein schöner, ruhiger Arbeitstag begann.

Montag, 16.02 Uhr

Die kleinen Plastikräder des schwarzen Trolleys rollten fast geräuschlos über den blank polierten Steinboden. Nachdem früher nur ältere Frauen mit derartigen fahrbaren Einkaufstaschen unterwegs gewesen waren, waren sie jetzt, bedruckt mit knallbunten Wassermelonen, Zitronen oder Ähnlichem vor allem bei jungen Leuten in den hippen Bezirken der Stadt beliebt. In dunkel gehalten gehörte der »Einkaufsbutler« zur Grundausstattung eines Bestatters. Alexander Toth hatte darin Feuerzeug, Streichhölzer, Taschentücher für seine Pollenallergie und die trauernden Angehörigen sowie ein Tablet und eine kleine Musikanlage verstaut.

Mit seiner minimalistischen DJ-Ausrüstung im Gepäck war Toth gerade auf dem Weg zu seiner letzten Bestattung des heutigen Tages. Aufbahrungssaal 4. Halle 1. Es war offenbar ein Tag des Sports, denn hier würden sich in zwanzig Minuten Freunde, Familie und Mannschaftskollegen eines Eishockeyspielers verabschieden. Den jungen Mann hatte im Training ein Puck mit voller Wucht am Kopf getroffen.

Er sei gerade auf dem Weg in sein Tor gewesen und habe den Helm noch nicht aufgehabt, hatte Toth im Beratungsgespräch vor wenigen Tagen von den trauernden Angehörigen erfahren.

»Du warst unser bester Torhüter. Mögest du jetzt gut behütet werden«, stand auf der blau-weißen Schleife eines der Trauerkränze, die Toth vor dem aufgebahrten Sarg drapierte.

Nachdem die kleinwüchsige, resolute Friedhofsfloristin Martha den letzten der 23 Blumenkränze geliefert hatte und er alle auf den dafür vorgesehenen Ständern angebracht hatte, konnte sich Toth um die Musik kümmern.

»Amoi seg' ma uns wieder« hatten sich die Eltern des Verstorbenen gewünscht. Ein echter Friedhofs-Nummer-1-Hit. Kein anderes Lied wurde bei Beerdigungen in Wien derart oft gespielt wie die Schnulze von Andreas Gabalier. Toth hatte sich bereits nach seinen ersten Wochen als Bestatter daran sattgehört. Manchmal hörte er die Melodie sogar im Schlaf.

Als Toth sein Tablet aus dem Trolley holte, um es mit der Musikanlage zu verbinden, tauchte ein blonder Lockenkopf vor ihm auf. »Danke für die Fotos«, sagte Marie-Theres, die mit drei Kollegen gerade einen Sarg in die Nachbarhalle getragen hatte und ein wenig außer Atem war. Ihr Kunde dürfte ihrem roten Gesicht nach zu schließen nicht der leichteste gewesen sein.

»Bist du jetzt zufrieden?«, fragte Toth, während er am Tablet herumdrückte. »Ich habe dir gleich gesagt, da gibt's nichts Verdächtiges. Der Mann war alt und krank. Lass ihm doch einfach seine Ruhe. Der Amtsarzt wird sowieso noch seine Leiche untersuchen. Wenn da etwas sein sollte, wird sich die Polizei darum kümmern.«

Marie-Theres gab sich damit nicht zufrieden. »Darüber reden wir noch«, sagte sie und ging zu ihrem nächsten Begräbnis.

Der Trauersaal, den Toth betreute, war bis auf den letzten Platz gefüllt. Auch die Stühle, die er vorsorglich aus den anderen Räumen geholt hatte, weil bei jungen Verstorbenen immer volles Haus war, waren besetzt. Auf den letzten Nachruf, es sprach der Vater des Puck-Opfers, folgte Toths musikalischer Einsatz. Als emotionaler Höhepunkt der Trauerfeier sollte Gabalier mit seiner rauchigen Stimme samt sanften Gitarrenklängen die Trauergemeinde noch mehr zum Weinen bringen, als sie es ohnehin schon tat.

»Zugabe! Zugabe! Zugabe!«, dröhnte es aus den Boxen, untermalt von tosendem Applaus, der in der kühlen Halle besonders hallte. Toth stockte der Atem. Was war das? Was war passiert? Aus den Hinterköpfen, die er vom Eingang aus während der Trauerfeier gesehen hatte, wurden fragende Gesichter, die ihn anstarrten. Toth brauchte einen Moment, bis ihm das Problem klar war.

Bei dem Musikfile auf seinem Tablet stand »Andreas Gabalier: Amoi seg' ma uns wieder, Live-Version.« Die Mutter des verunglückten Hockeyspielers hatte ihm das Lied aus einem Konzertmitschnitt geschickt.

Zum Glück hatte er die passende Version, die er vergangene Woche beim Begräbnis einer pensionierten Mathematik-Lehrerin spielen musste, rasch zur Hand und konnte die peinliche Situation retten. Doch innerlich brodelte er. Vor Ärger.

Ich hätte das Lied wie immer kontrollieren müssen, dachte er sich. Das ist mir nur passiert, weil mich Marie-Theres von meiner Arbeit ablenkt. Spätestens jetzt wusste er, dass es ein großer Fehler gewesen war, sich mit dem toten Mann im Rollstuhl zu befassen.

»Ein Glück, dass du nicht beim Radio gearbeitet hast. Die hätten keine Freude mit dir gehabt«, sagte der dicke Karl, als er seinen metallenen Spind, der gleich neben seinem eigenen lag und auf dessen Tür ein Foto von Karls Chihuahua-Hündin Trixi hing, zusperrte.

Sein musikalisches Missgeschick hatte sich binnen weniger Minuten herumgesprochen und war willkommenes Vorurteilsfutter für die Kollegenschaft. Vor allem Karl ließ Toth bei jeder Gelegenheit spüren, was er von seinem Jobwechsel zur Bestattung hielt. Nämlich nichts. Für Karl und die anderen war und blieb er der Promi aus dem Fernsehen, der sich für etwas Besseres hielt. Auch wenn Toth hier einfach seinen Job machen wollte und keine Sonderbehandlung bekam.

Als er in die mittlerweile kühle Herbstluft hinaustrat und die vielen brennenden Kerzen auf den Gräbern in der Dämmerung gut erkennbar waren, hatte er ein Déjà-vu. Schon wieder bog ein blonder Lockenkopf um die Ecke. »Du hast mir gerade noch gefehlt. Wegen dir kann ich mich wieder wochenlang vom Karl aufziehen lassen. Vielen Dank dafür«, knurrte Toth Marie-Theres an.

»Geh komm. Der hat das doch bis morgen wieder vergessen. Lass uns lieber über die wirklich wichtigen Dinge reden. Ich habe mir die Fotos noch einmal angeschaut …«

Toth unterbrach sie. »Schluss! Aus! Basta! Stopp! Genug, Marie-Theres. Ehrlich. Hör jetzt endlich auf damit und lass mich mit dem alten Mann in Ruhe. Ich hätte gar nicht erst in die Wohnung gehen sollen. Aber ich hab es getan. Dir zuliebe und damit du eine Ruhe gibst. Das wars jetzt aber. Ich will nichts mehr davon hören«, sagte Toth zu seiner Kollegin, die wie er selbst bereits im Privat-Outfit unterwegs war. »Und von dir brauch ich heute auch eine Ruh. Schönen Abend.« Damit ließ er sie vor der Trauerhalle stehen.

Toth konnte und wollte noch nicht nach Hause. Er brauchte frische Luft und musste nachdenken. Langsam schlenderte er über den allmählich in der Finsternis verschwindenden Friedhof. Überall flackerten rote Grablichter und verliehen den meist dunklen Grabsteinen einen leichten Glanz. Lebende Menschen waren hier um diese Tageszeit kaum noch zu sehen. Nur vereinzelt sah Toth vor allem ältere Frauen andächtig vor einem Grab stehen oder knien.

Bei einem auffälligen, in Kugelform geschliffenen Granit-Grabstein blieb Toth stehen. Er lag im sogenannten Ehrenhain, einem Ort am Zentralfriedhof, an dem prominente Menschen ihre letzte Ruhe fanden. Falco lag hier. Udo Jürgens. Christiane Hörbiger. Und auch Otto Wurm.

Wurm war schon zu Lebzeiten eine echte Journalistenlegende gewesen. Er hatte große Skandale aufgedeckt und war dafür mit Preisen überhäuft worden. Der Mann mit dem auffälligen, weißen Schnauzer war aber trotzdem stets mit beiden Beinen am Boden geblieben.

Toth hatte die große Ehre und Freude gehabt, Otto Wurm gleich mehrmals in seiner beruflichen Laufbahn zu begegnen. Zunächst während seines Studiums, wo Wurm als Lektor tätig gewesen war. Später hatte er sein erstes Praktikum bei jenem Nachrichtenmagazin gemacht, dessen Chefredakteur Wurm viele Jahrzehnte lang gewesen war.

Toth hatte viel von ihm gelernt. Immer neugierig sein. Dranbleiben. Nachfragen. Sich nicht mit der ersten Antwort zufriedengeben. Wurm wiederum hatte seine erfrischende Art als Jungjournalist geschätzt und ihn gefördert. Und so waren sie, auch lang nachdem Toth ein gefragter Fernsehjournalist geworden war, freundschaftlich verbunden geblieben.

Bis zu Wurms Tod vor elf Jahren. Schon vor seiner Zeit als Bestatter war Toth immer wieder zu dem auffälligen Grab seines Mentors im Ehrenhain gekommen.

Er brachte nie Blumen oder Kerzen, weil er wusste, dass Wurm das gehasst hätte. Er stand einfach da und fühlte sich ihm nah.

Was hätte Wurm dazu gesagt, dass Toth sein altes Leben hingeschmissen hatte, um noch einmal von vorn anzufangen? Ausgerechnet als Bestatter? Wahrscheinlich hätte er ihm geraten, seinem Instinkt und seinem Herzen zu folgen. So wie als Journalist. War er noch immer Journalist, obwohl er nun täglich im dunklen Talar Trauerfeiern organisierte? Ließ sich das einfach so mit einem Jobwechsel abstreifen oder war es eine unabänderliche Berufung?

Toth hatte seine Entscheidung sehr bewusst getroffen. Der ewige Stress, die Nachrichtenflut, der Termindruck. Es war ihm alles zu viel geworden. Er hatte es getauscht gegen geregelte Arbeitszeiten, ein ruhiges Arbeitsumfeld und Kunden, die nicht mehr reden konnten, zumindest die im Sarg. »Otto, was soll ich nur tun?«, sagte Toth fast unhörbar, als jemand plötzlich auf seine Schulter klopfte.

»Entschuldigen Sie, haben Sie vielleicht Feuer?« Eine freundliche Frauenstimme riss Toth aus seinen Gedanken.

Toth öffnete den Klettverschluss seines schwarzen Trolleys, den er immer mit nach Hause nahm, kramte das Feuerzeug heraus und zündete die Kerze der Friedhofsbesucherin an.

Montag, 22.06 Uhr

Die gut gefüllte Plastikbox war erstaunlicherweise noch lauwarm, als Toth sie auf seinen kleinen Küchentisch stellte. Er legte seine kalten Hände für einige Sekunden darauf und spürte, wie sie langsam auftauten. Der Fußweg von seinem Elternhaus, das im gleichen Bezirk lag, in seine Zweizimmerwohnung war zwar nur 15 Minuten lang, doch aufgrund des strahlenden Sonnenscheins untertags hatte er die Oktobertemperaturen nach Sonnenuntergang unterschätzt und war für seinen Weg durchs nächtliche Ottakring viel zu leicht angezogen gewesen. Toth hatte schon hier gelebt, lang bevor der Arbeiterbezirk durch immer mehr Studenten und Kreative, die hierherzogen, als angesagt galt.

»Hast du keine Handschuhe mit? Und wo ist deine Haube?«, hatte seine Mutter vorwurfsvoll gefragt, als sie ihn vor einer knappen halben Stunde verabschiedete und ihm die Tupperware-Dose mit einer Portion Schinkenfleckerl, an der eine dreiköpfige Familie zwei Tage lang hätte essen können, in die Hand gedrückt hatte.

Toth hatte zwar vor kurzem seinen 42. Geburtstag gefeiert, war aber nach wie vor Dinas (so nannten ihre Freundinnen seine Mutter) Bub. Ein Einzelkind und der ganze Stolz der Familie Toth. Als Sohn einer Hausmeisterin und eines Installateurs hatte er sich zum Journalisten hochgearbeitet. Hinaus aus dem mächtigen Gemeindebau im 16. Wiener Gemeindebezirk, der auf einem früheren Weinbaugebiet, das danach lang als Sandgrube diente, errichtet worden war. Mit Fleiß und Talent. Ganz ohne Vitamin B.

Denn gute Kontakte pflegten seine Eltern zwar zu ihren Nachbarn in der gesamten Wohnhausanlage, aber nicht zu den Wichtigen und Mächtigen, die ihrem Alexander einen Job beim Fernsehen hätten verschaffen können. »Gestern in der Waschküche hat mich die Fini schon wieder gefragt, warum sie dich nicht mehr im Fernsehen sieht«, hatte ihn seine Mutter beim abendlichen Schinkenfleckerl-Gelage erzählt.

»Und was hast du ihr geantwortet?«, hatte Toth mit halbvollem Mund gefragt.

»Ich habe ihr gesagt, dass du dir eine Auszeit genommen hast«, hatte seine Mutter, die ihn einmal die Woche in ihrer kleinen, aber geschmackvoll eingerichteten Gemeindebauwohnung bekochte, geantwortet.

»Geh Mama. Hast du dich noch immer nicht daran gewöhnt, dass ich jetzt Bestatter bin? Was ist denn so schlimm daran?«, hatte Toth gefragt, diesmal ohne vollen Mund.

Seine Mutter hatte ihm eine zweite Portion Schinkenfleckerl auf den Teller geschaufelt. »Willst du das also wirklich durchziehen? All das, wofür du jahrelang gearbeitet hast, einfach so aufgeben?« Nach kurzem Zögern hatte sie hinzugefügt: »Du musst selbst wissen, was du tust.«

Das hatte gesessen. Der Satz war die Geheimwaffe jeder besorgten Mutter. Schlechtes Gewissen verpackt in sieben scheinbar harmlosen Worten.

»Ja, ich weiß, was ich tue, Mama«, hatte Toth gesagt und sich über den Schinkenfleckerl-Nachschub hergemacht.

Dieser Dialog mit seiner Mutter hallte in ihm nach, als er jetzt vor seinem Badezimmerspiegel stand und sich seine fast glänzend weißen Zähne putzte. Er starrte in das Gesicht, das dem halben Land aus dem Fernseher bekannt war und das ihn bei vielen Müttern zum Paradeschwiegersohn machte, und dachte über die Worte seiner Mutter nach. Hatte sie recht? War das Ganze doch ein Fehler?

Er nahm einen Schluck Wasser aus seinem knallroten Zahnputzbecher, spülte seinen Mund kräftig aus und spuckte die Zahnpasta-Wasser-Mischung in das weiße Keramikbecken. Während die Reste im Waschbecken unter dem starken Wasserstrahl schnell verschwanden, versuchte er, seine Zweifel mit ein paar kräftigen Schlücken Wasser hinunterzuspülen.

Auf einmal erfüllte ein seltsames Rascheln die einfach eingerichtete Wohnung. Es klang, als ob jemand ein Stück Papier zerknüllen würde. Es wurde immer lauter.

Und lauter.

Als Toth aus dem Badezimmer trat und seinen Blick durch sein Wohnzimmer schweifen ließ, war ihm klar, woher das seltsame Geräusch kam. Es war Karla. Karla Kolumna. So hatte Toth die weiße Katze mit den schwarz umrandeten Augen getauft, die bei ihm wohnte, seit sie ihm bei einem seiner wenigen Urlaube auf einem Bauernhof zugelaufen war. Sie war seine treueste Freundin. Viel Zeit für zweibeinige Freunde hatte Toth ja nie gehabt.

45

Karla Kolumna, benannt nach der rasenden Reporterin aus den Benjamin-Blümchen-Kassetten, die Toth als Kind geliebt hatte, hatte sich etwas vom Esstisch gefischt und machte sich mit ihren spitzen Krallen daran zu schaffen. Beim genaueren Hinsehen erkannte Toth, was es war. Eine uralte Schülerzeitung, die ihm seine Mutter beim heutigen Abendessen feierlich überreicht hatte. Sie verstaute seit jeher alle wichtigen Unterlagen und Erinnerungsstücke in ihrer Bettlade und hatte heute dieses alte Papier herausgekramt, um einen weiteren Versuch zu starten, ihn auf den ihrer Meinung nach richtigen Berufsweg zurückzubringen.

»Karla, lass das«, sagte Toth zu seiner Katze, die sofort von dem leicht vergilbten Papier abließ und sich an Toths Beine schmiegte.

Als er die bereits leicht zerkratzten Blätter aufhob, schaute er schon wieder in sein eigenes Gesicht. Doch dieses Mal war der Haarwuchs deutlich stärker und die Lachfalten um die Augen fehlten. Er sah das Porträtfoto eines 14-jährigen Buben mit feuerroten Haaren. Daneben stand in blauer Handschrift: »Alexander Toth, Berufswunsch: Journalist.«

Darunter folgte ein von ihm verfasster Schulaufsatz über seinen Traumberuf. Toths Deutschlehrerin hatte aus den gesammelten Berufswunsch-Texten der Klasse eine Art Schülerzeitung zusammengestellt, als Abschiedsgeschenk. Eine Erinnerung sollte es sein, für später einmal. Eine Erinnerung, die ihm seine Mutter heute, mehr als 25 Jahre später, unter die Nase gerieben hatte.

Toth las sein journalistisches Frühwerk aufmerksam und nachdenklich bis zum letzten Satz. »Ich möchte einmal Journalist werden, damit die Wahrheit ans Licht kommt«, stand da geschrieben, und er merkte, wie er sich die Zeile selbst halblaut vorlas.

Vor seinem inneren Auge tauchte Marie-Theres auf. Die nervige, aber bildhübsche Sargträgerin stand vor ihm und wiederholte immer wieder den einen Satz: »Wir müssen herausfinden, wie der alte Mann im Rollstuhl gestorben ist.«

Wütend schmiss Toth die Schülerzeitung verkehrt herum auf den Tisch, sodass Karla, die mittlerweile am Esstisch saß, beim verschreckten Herunterspringen beinahe ein Glas umwarf. Es war genug. Toth hatte seinen Entschluss gefasst. Er war nun Bestatter, daran gab es nichts zu rütteln. Auch wenn sich das Schicksal offenbar noch so sehr anstrengte, ihm vorzumachen, dass Journalist zu sein seine eigentliche Berufung war.

Das äußerste Zugeständnis, das er seinem Journalisten-Ethos und Marie-Theres machen würde, war, sich die ganze Sache rund um den Tod von Walter Pointner ein bisschen genauer anzusehen. Vielleicht. Aber auch darüber musste er jetzt einmal schlafen, nahm sich Toth vor und naschte mit einer Gabel noch von den mittlerweile kalten Schinkenfleckerl. Er ging ohne neuerliches Zähneputzen ins Bett.

47

Das ist nicht gerecht. Wieso werde ich anders behandelt als die anderen? Alle hier dürfen sich ausstrecken, liegen gemütlich weich gebettet und zugedeckt da. Fast wie im Liegewagen im Zug. Nur ich muss sitzen.

Als einziger. Und könnte vielleicht einmal jemand das Licht aufdrehen? Und die Heizung? Ein Pyjama ist nicht das richtige Kleidungsstück für diese Temperaturen.

Da braucht es eher einen Holzpyjama, da hatte die junge Frau schon recht. Hübsch war die. Es war mir richtig unangenehm, vor so einem bezaubernden Wesen in einer derartigen Verfassung aufzutreten. Ich war bleich und unterkühlt wie ein Laib Käse, der im Kühlhaus auf seinen Verzehr wartet.

Die italienischen Temperaturen waren mir wesentlich lieber. Es war so herrlich, die Sonnenstrahlen auf der Haut zu spüren. Mit geschlossenen Augen auf der Terrasse zu sitzen und in Gedanken zu versinken.

Sie war dabei immer bei mir. Denn dort, in Italien, fühlte ich mich ihr schon immer besonders nah. Nur wir zwei. Sonst nichts und niemand. Ich hörte ihr Lachen. Sah ihr Lächeln. Bewunderte ihre schönen, schwarzen Haare. Vielleicht sehe ich sie jetzt bald wieder?

Es wäre so schön. Ich vermisse sie. Der Gedanke an ihre Liebe wärmt mich sogar an diesem trostlosen Ort.

Dienstag, 9.12 Uhr

Am Rand ihres gepflegten Daumennagels waren noch leichte Spuren eines dunkelroten Lackes zu sehen. Toth fragte sich, wie Marie-Theres wohl aufgestylt beim Ausgehen am Abend aussah, als er sich wieder auf das Objekt konzentrierte, das die Sargträgerin am Handy gekonnt mit zwei Fingern vergrößerte. Sie hatten beide bereits ihre erste Beerdigung des Tages hinter sich und steckten ihre Köpfe jetzt über dem Smartphone zusammen.

»Bitte was wollte der in Wels?«, fragte Marie-Theres, als sie das Zugticket auf dem Foto nah genug herangezoomt hatte. »Das ist nicht wirklich die erste Urlaubsdestination, die mir einfallen würde.«

»Vielleicht hatte er dort Freunde oder Verwandte«, antwortete Toth. »Wegen der Schönheit des Ortes ist er wahrscheinlich nicht hingefahren. Ich habe dort einmal für eine Reportage gedreht. Kein Platz, um die Seele baumeln zu lassen.«

Toth hatte Marie-Theres im Pausenraum der Bestattung getroffen. Es war ein vergilbter, muffiger Raum, an dessen Wänden die kaputten Lungen ganzer Bestattergenerationen klebten. Schon seit Jahren durfte hier nicht mehr geraucht werden. Der Tabak-Mief hielt sich dennoch, vor allem in den einst weißen, gehäkelten Vorhängen, die das einzige Fenster des Raumes verdeckten. Toth war genau wie Marie-Theres derart vertieft in die Aufnahmen, die er tags zuvor in Walter Pointners Woh-

49

nung gemacht hatte, dass er zunächst gar nicht bemerkte, dass sie nicht allein waren.

»Was gibt's denn da so Spannendes im Handy?«, fragte der dicke Karl, der es sich auf dem zweiten Tisch im Raum bequem gemacht hatte. Er leckte sich über seinen Daumen, blätterte in der kleinen Boulevardzeitung vor ihm auf dem Tisch um und setzte nach: »Oder ist das nur was für Studierte und nichts für einen einfachen Bestatter wie mich?«

Toth und Marie-Theres sahen auf, dann auf die alte Plastikuhr, die an der Wand über der Tür hing, und dann dem dicken Karl in die Augen. »Geh Karli«, sagte Marie-Theres mit unschuldigem Blick. »Vor dir habe ich doch keine Geheimnisse. Wir schauen uns das Tagesangebot in der Friedhofskonditorei vorn beim Tor 2 an. Da gibt's heute drei Cremeschnitten zum Preis von zwei.« Sie machte eine kleine Pause, ehe sie fortfuhr. »Hast du schon gefrühstückt?«

»Wenn du dich beeilst, gibt's noch welche«, fügte Toth hinzu.

Karl brummte etwas. Es war nicht klar, ob es aus seinem Mund oder seiner Magengegend kam. Er rückte den instabil wirkenden Holzsessel, der beängstigend unter ihm knarrte, nach hinten, damit er trotz seiner Urnenplauze Platz zum Aufstehen hatte, und ging in Richtung Ausgang. Ein leises »Mahlzeit« brachte er noch heraus, bevor er die Konditorei ansteuerte.

»Mit Zucker kannst du den überall hinlocken«, sagte Marie-Theres und wandte sich wieder dem Handy zu.

»Ich freu mich ja extrem darüber, aber warum eigentlich hast du dich jetzt doch entschieden, dir die Sache ein bisschen genauer anzuschauen?«, fragte die Sargträgerin, als sie wieder allein im Raum waren.

»Es scheint eben meine Berufung zu sein. Zumindest dieses eine Mal noch«, antwortete Toth. »Außerdem habe ich dir etwas verschwiegen.«

Marie-Theres' Augen leuchteten wie bei einem Kind kurz vor der Bescherung zu Weihnachten: »Waaaaaaaas? Sag schon! Was hast du mir verschwiegen?«

»Ich habe dir ja gesagt, dass ich den alten Mann im Rollstuhl und seine Begleiterin gestern gesehen habe ...«

»Ja, hast du. Und, weiter?«

»Ich bin dann noch einmal hinaus, als der Pointner schon in der Kühlkammer war, und da ist die Frau noch allein beim Auto gestanden und hat telefoniert.«

Marie-Theres wurde sichtlich immer nervöser.

»Jetzt lass dir doch nicht alles aus der Nase ziehen. Was hat sie gesagt?«

»Also ich weiß nicht, mit wem sie telefoniert hat. Sie meinte jedenfalls, dass sie der Polizei etwas verschwiegen hat. Wörtlich klang das so: ›Das habe ich der Polizei natürlich nicht gesagt.‹ Dann sagte sie noch einen merkwürdigen Satz. ›Ich werde mich darum kümmern, dass sie nicht in falsche Hände gerät.‹ Das gibt zu denken, findest du nicht?«

Marie-Theres hatte es für einen Moment offenbar die Sprache verschlagen. Sie strich sich mit beiden Händen ihre blonden Locken aus dem Gesicht. »Und da hast du auch nur eine Sekunde gezögert, dem Ganzen nachzugehen? Mehr Beweise, dass da was faul ist, kann es doch gar nicht geben.«

»Bewiesen ist damit noch gar nichts. Sie kann damit weiß Gott was gemeint haben«, versuchte Toth sein aufgeregtes Gegenüber zu beruhigen und fuhr fort: »Jetzt lass uns nochmal die Fotos in Ruhe durchgehen.«

Diesmal wischte er auf dem Smartphone durch die Aufnahmen.

Alte Möbel. Das goldumrahmte Frauenbildnis. Medikamentenschachteln.

Nichts davon wirkte verdächtig.

»Mich würde interessieren, warum er sich derart geschmacklose Katzenstatuen in die Vitrine gestellt hat. Vor allem gleich drei Stück davon«, sagte Marie-Theres, als sie sich die roten Tierfiguren genauer ansahen.

»Wertvoll sehen sie jedenfalls nicht aus«, bemerkte Toth und wischte zum nächsten Foto.

Toth kratzte sich am Kinn, was er immer tat, wenn er nachdachte. »Warum hat die Frau den alten Mann nicht einfach in Italien gelassen und ist verschwunden, wenn sie ihn umgebracht haben sollte? Warum bringt sie ihn hierher zu uns, wo klar ist, dass die Polizei sie befragen wird?«

»Na genau deshalb. Damit man nicht denkt, dass sie die Täterin ist. Das habe ich …«, sagte Marie-Theres.

»… in einem Podcast gehört?«

»Das wäre mir auch so eingefallen. Aber denk doch bitte auch an die Sätze, die du von der Frau gehört hast.

52

Sie hat ganz eindeutig etwas zu verbergen, und was anderes könnte das sein, als dass sie ihn umgebracht hat? Aber warum bringt eine Altenpflegerin einen verarmten Mann um, der ohnedies nicht mehr lang zu leben hatte?«

Toth hatte seiner Kollegin kaum zugehört. Er fixierte stattdessen den Bildschirm des Smartphones. »Dass mir das nicht früher aufgefallen ist«, sagte er. Diesmal waren es nicht Marie-Theres' Fingernägel, an denen sein Blick hängengeblieben war, sondern das Foto von dem Ticket für die Bahnfahrt nach Wels.

Dienstag, 12.04 Uhr

Obwohl er nie eine Tanzschule von innen gesehen hatte, hätte seine hüpfende Schrittfolge beinahe als Quickstep durchgehen können. Zehn Punkte hätte Toth bei einer dieser Tanzshows im Fernsehen wohl nicht dafür bekommen, aber egal. Es war auch Asphalt und kein Parkett, auf dem er versuchte, mit einem schnellen Sprung zur Seite einem Hundehaufen auf dem Gehsteig auszuweichen. Gerade noch einmal Glück gehabt.

Toth stand erneut vor dem heruntergekommenen Altbau im Weißgerberviertel, in dem Walter Pointner vor seinem Tod gelebt hatte. Wieder opferte er seine Mittagspause. Wieder stand er vor der Sprechanlage mit den wenigen Namen.

Doch diesmal stand die dunkelbraune Haustür offen. Mit weit weniger Zweifel und innerer Unruhe als gestern betrat Toth das dunkle Stiegenhaus. Die Glühbirnen hatte offenbar schon länger niemand mehr getauscht.

Er musste mehr über den alten Mann im Rollstuhl herausfinden. Wer war dieser Walter Pointner? Wie hatte er gelebt? Wie waren seine Beziehungen zu den Nachbarn? Wie die zu seiner Pflegerin? All diese Fragen hatten ihn noch einmal hierhergeführt. Vor-Ort-Recherche hatten sie es bei seinem Sender genannt, und Toth war ein Meister darin.

Aufgrund seiner jahrelangen Erfahrung wusste er, wo er als Erstes anläuten musste. Als er vorbei an den aufgebrochenen Postkästen die Stufen hinauf zum Mezzanin ging, stand er auch schon vor Tür Nummer 1, der Wohnung der Hausmeisterin. Viele ihrer Spezies gab es in Wien seit einer Gesetzesänderung nicht mehr. Frau Wyribal, wie das Namensschild neben der Klingel verriet, dürfte eine der letzten sein, und er bezweifelte schon angesichts der fehlenden Glühbirnen, dass sie in dem insgesamt sanierungsbedürftigen Haus überhaupt noch im Amt war.

Toth läutete. Nichts. Er versuchte es noch einmal, diesmal mit mehr Druck. Wieder Stille. Erst als er zweimal laut an die Tür geklopft hatte, hörte er von drinnen eine rauchige Stimme. Sie klang nach mindestens zwei Packungen Zigaretten und drei Stamperl Obstler am Tag. Eine klassische Wiener Melange.

Mit einem lauten Knarren öffnete sich die Tür einen Spalt breit. »Sind Sie auch einer von denen? Ich bin in drei Monaten in Pension, und so lang lassen Sie mich gefälligst in Ruhe!«, fauchte die Frau und knallte die Tür wieder zu.

Bumm. Toth konnte gerade noch ihre geblümte Bluse erkennen. Sonst nichts. Als Hausmeistersohn wusste er eigentlich, wie er mit Berufskolleginnen seiner Mutter reden musste.

Doch diese hier ließ ihm keine Chance, egal, wie viel Charme er in seinem dunkelgrauen Talar, den er für seinen Mittagsausflug anbehalten hatte, spielen lassen würde.

Toth nahm diesmal die Treppen und ging langsam und aufmerksam das enge Stiegenhaus hinauf in den ersten Stock. Bewohnt sah das alles hier nicht aus. Die Wände waren rissig und mit Wasserflecken übersät. Vor manchen Wohnungen standen vertrocknete Pflanzen. In einem Eck lag ein kaputtes rosa Kinderfahrrad.

Toth klopfte trotzdem an jede Tür, so wie er das nach unzähligen spektakulären Verbrechen getan hatte, um Zeugen zu finden. Vergeblich. Keine Tür öffnete sich. Eine derart magere Ausbeute hatte er bei seinen Drehs selten zurück in die Redaktion gebracht.

Im dritten Stock stand er wieder vor Walter Pointners Wohnung. Die Tür war diesmal fest verschlossen. Toth legte sein Ohr daran, um zu hören, ob jemand drin war. Doch nichts. Stille.

Auf einmal hörte er ein lautes Klopfen. Dazu mischte sich eine kreischende, unangenehme Stimme. Das Geräuschgewirr kam allerdings nicht aus Pointners Wohnung, sondern von nebenan. »Florian, Stephanie und Paul Kreutzer« stand aus bunten Buchstaben gebastelt an der Wohnungstür von Walter Pointners Nachbarn.

Toth glaubte schon nicht mehr daran, dass in diesem Haus eine Klingel funktionierte, doch er irrte. Als er diese hier betätigte, ertönte drinnen »Freude schöner Götterfunken« als Glockenspiel. Eine Ode an jeden Besucher. Nach wenigen Sekunden öffnete sich die Tür wie von Geisterhand.

Toth brauchte ein wenig, bis er nach unten blickte und sah, dass ihm gerade ein Bub den Blick ins Vorzimmer ermöglichte. »Hallo. Mein Name ist Alexander Toth«, sagte er mit sanfter Stimme. »Sind deine Eltern zu Hause?«

»Mama! Da ist ein schwarzer Mann zu Besuch!«, schrie das Kind in die Wohnung, vorbei an einem Hamsterkäfig, den Toth im Vorzimmer stehen sah.

»Was fantasierst du da schon wieder«, fragte drinnen eine Frau.

»Er hat nicht ganz unrecht. Ich bin ja wirklich ziemlich dunkel, zumindest angezogen«, sagte Toth so laut, dass es auch in den hinteren Räumen der Wohnung zu verstehen sein musste.

Da erst tauchte die Frau auf. »Ähm. Guten Tag. Was kann ich für Sie tun? Sind Sie sicher, dass Sie bei uns richtig sind?«, fragte sie und legte eine Hand schützend auf den Buben, der Paul sein musste und sich an ihre Beine kuschelte.

»Nein, da bin ich mir nicht ganz sicher. Mein Name ist Alexander Toth, ich komme von der Bestattung Wien. Ich bin auf der Suche nach Bekannten Ihres Nachbarn Walter Pointner. Kennen Sie vielleicht welche?«, fragte Toth.

»Wieso wollen Sie das wissen?«, antwortete die in einen schicken, weißen Zweiteiler gekleidete Mittdreißigerin.

»Lange Geschichte. Also kennen Sie jemanden?«, hakte Toth nach.

»Wir sind seit 15 Jahren Nachbarn«, sagte die Frau. »Herr Pointner ist ein wirklich netter, aber sehr ruhiger Mann. Besuchen kommt ihn bis auf seine Pflegerin niemand, soweit ich das beurteilen kann. Wir sind aber auch nicht immer zu Hause. Aber noch einmal. Wieso wollen Sie das wissen?«

»Es tut mir leid, Walter Pointner ist verstorben«, sagte Toth.

Er hatte den Satz kaum zu Ende gesprochen, da löste sich der gerade noch kuschelnde Bub von den mütterlichen Beinen und rannte in die Wohnung. »Papa, Papa! Der Pointner ist endlich tot!«, jubelte er, als hätte er gerade ein Fußballturnier gewonnen.

Das Gesicht der gerade noch so blassen Mutter lief rot an. Das weiße Ensemble an ihrem Körper ließ die Farbe besonders knallig wirken. »Bitte entschuldigen Sie mich jetzt«, sagte sie noch und schloss dann die Tür vor Toths Nase.

Nun war es wieder ruhig im Stiegenhaus. Toth hörte zwar Stimmen aus der Wohnung der Kreutzers, was gesprochen wurde, konnte er aber nicht verstehen. Er probierte sein Glück noch im vierten und letzten Stock des Gründerzeithauses. Doch auch hier dasselbe Bild. Türen ohne Namen, ein verwaistes Stiegenhaus und ein Kaktus am Fensterbrett. Hier war nichts zu holen. Niemand, der etwas über Walter Pointner wissen könnte. Auf seinem Weg hinunter kam Toth noch einmal an Pointners Wohnung und der seiner Nachbarn vorbei. Die Kreutzers waren, außer der resoluten Hausmeisterin, offenbar die einzigen verbliebenen Mieter dieses Hauses. Er musste noch einmal probieren, mit ihnen zu reden, das sagte ihm sein journalistischer Instinkt. Die Ode an die Freude erklang wieder, und tatsächlich öffnete sich die Tür neuerlich.

Diesmal stand der kleine Paul nicht allein im Türrahmen. Hinter ihm standen seine Mutter, nun wieder mit blassem Gesicht, und ein Mann, vermutlich sein Vater. Er war es auch, der als Erstes die Stimme erhob. »Bitte verzeihen Sie unserem Sohn seinen Ausbruch von vorhin. Das war der Schock. Er ist ja erst sechs Jahre alt. Ist Herr Pointner wirklich verstorben? Das ist unglaublich traurig. Er war so ein netter Mensch.«

»Es ist im Urlaub passiert«, antwortete Toth. »Wir sind wegen der Begräbnismodalitäten auf der Suche nach Verwandten.«

Dass er dafür eigentlich gar nicht zuständig war, wusste die Familie zum Glück nicht.

»Also soweit wir wissen, hatte Herr Pointner keine Verwandten mehr. Die Einzige, die jeden Tag hier war und auch hier gewohnt hat, war seine 24-Stunden-Pflegerin Gabrijela«, sagte Frau Kreutzer und tätschelte dabei den blonden Wuschelkopf ihres Sohnes. »Eine Rumänin, eine sehr nette Frau«, fügte sie hinzu.

»Wissen Sie ein bisschen mehr über diese Gabrijela?«, fragte Toth nach.

Die mittlerweile ruhig wirkende Frau wollte gerade Luft holen, als es aus ihrem Sohn herausplatzte. »Krieg ich jetzt endlich den Swimmingpool am Dach? Ihr habt immer gesagt, wenn der tot ist, bekommen wir den.«

Die Gesichter der erwachsenen Kreutzers wechselten synchron die Farbe. Die beiden Tomatenköpfe brachten gerade noch ein »mehr wissen wir leider nicht, auf Wiedersehen« heraus und schlossen die Tür wieder.

Diesmal ohne Nachdruck.

Toth hörte noch ein »Pauli, was soll das?« von drinnen, dann verstummten die Stimmen.

Er blickte auf die Tür. Dann auf die von Walter Pointner daneben. Was war da los? Was hatte es mit diesem Swimmingpool auf sich? Und wer war diese Gabrijela wirklich?

War sie seine späte Geliebte? Konnte das sein? Oder war sie wirklich nur seine Pflegerin? Viel hatte er über sie hier nicht herausgefunden. Toth wusste aber nun, dass es mindestens einen Menschen gab, der sich über Walter Pointners Tod freute. Ein sechsjähriger Bub.

Dienstag, 14.23 Uhr

Es sah ein wenig so aus wie in der großen Gewandmeisterei an Toths früherem Arbeitsplatz, die seine Moderationsanzüge reinigte und reparierte. Eine riesige Werkstatt mit den unterschiedlichsten Geräten. Näh- und Ledermaschinen, zwei Bügelautomaten und jede Menge Tische mit Stoffballen. Dazu das monotone Geräusch von zwei Industriewaschmaschinen, die fast durchgehend in Betrieb waren, um die Arbeitskleidung der Bestatter und Sargträger zu reinigen. Hier zwischen stapelweise dunkelgrauen Hosen, schwarzen Hemden und samtenen Bartüchern, mit denen bei Trauerfeiern die Särge zugedeckt wurden, hatte sich Toth mit Marie-Theres zur Lagebesprechung verabredet.

Denn in der hauseigenen Bestattungswäscherei war auch die Frauenumkleide untergebracht. Nachdem Marie-Theres die einzige weibliche Sargträgerin im Betrieb war, war es in »ihrem« Kämmerchen für gewöhnlich noch ruhiger, als es am Friedhof ohnehin war.

»So wird das nichts. Du musst dich schon ein bisschen mehr bemühen«, forderte Marie-Theres.

»Besser kann ich es leider nicht. Aber gut, ich probiere es noch einmal«, versprach Toth, spitzte seine Lippen und versuchte erneut, die Melodie zu pfeifen.

»Wieder nix. Dieses Programm hat Millionen Lieder auf Lager. Entweder ist dieses Lied so unbekannt oder deine Pfeifkünste reichen nicht«, kommentierte Marie-Theres die Melodie, die Toth pfiff. Dabei starrte sie auf ihr Smartphone. Die Musikerkennungsapp spuckte auch beim dritten Versuch kein Ergebnis aus.

»Das Lied hat genau so geklungen. Ich habe es zwar nur einmal kurz gehört, aber die Melodie ist sofort ins Ohr gegangen«, versicherte Toth und versuchte, sich noch einmal ganz genau an die Weihnachtsschnulze zu erinnern, die ihm in Walter Pointners Wohnung beinahe das Trommelfell hätte platzen lassen.

In das Geräusch der laufenden Waschmaschinen mischte sich auf einmal ein Klacken.

Klack. Klack. Klack.

Es kam immer näher. Es klang wie eine Armee aus Stöckelschuhen.

Tatsächlich waren es nur sechs. Drei Paar. Eines davon gehörte »Feldwebel« Bärbel Hansen, deren Gesicht unversehens hinter einem aufgehängten, dunkelroten Bartuch hervorlugte.

»Ich glaub' mein Schwein pfeift!«, rief die Bestattungschefin in ihrem norddeutschen Akzent. Ihre beiden Adjutantinnen, die sie vor kurzem zu Abteilungsleiterinnen gemacht hatte, standen schweigend neben ihr.

»Frau Hansen, das war kein Schwein, das war ich«, versuchte Toth die Situation mit etwas Schmäh zu entschärfen.

»Sehr witzig, Toth. Was machen Sie hier? Das ist soweit ich weiß die Frauenumkleide. Und außerdem. Haben Sie nichts zu tun?« Hansen drückte mit ihrem Zeigefinger ihre rahmenlose Brille fester auf ihre markante Nase.

»Das ist eine Dienstbesprechung Chefin. Und Sie wissen ja, in Wien macht der Tod nie Pause. Und auch der Toth nicht«, antwortete er.

»Das will ich hoffen«, sagte Hansen, die ihre dunklen Haare zu einem Dutt zusammengebunden hatte, und rauschte samt Entourage angesäuert wieder ab. Als die Stöckelschuh-Armee abgerückt war, widmeten sich Toth und Marie-Theres wieder dem eigentlichen Grund ihrer »Dienstbesprechung.«

»Warum hat jemand nur eine einzige CD daheim, ausgerechnet mit einem Weihnachtslied darauf?«, fragte er und schaute dabei in die tiefblauen Augen seiner Kollegin. »Vielleicht war er ein Weihnachtsfan? Ich könnte auch schon im Oktober anfangen, Last Christmas zu hören.«

»Vielleicht ist das Lied auch gar nicht so wichtig«, sinnierte Toth.

»Ich muss jetzt los zur nächsten Beerdigung. Da sollte ich pünktlich sein. Die Hansen hat mich offenbar eh schon auf ihrer Liste.«

Beim Hinausgehen pfiff er noch einmal die weihnachtliche Melodie.

»Das wird heute nix mehr. Bis später«, scherzte Marie-Theres und lächelte ihm zu.

Auf dem Weg zur Aufbahrungshalle ging Toth direkt an der ersten Grabreihe neben der Friedhofsmauer entlang. Jede dritte Grabstelle hier war frei und mit wilder Wiese bedeckt. Offenbar wollten viele auch im Tod nicht direkt neben der Straße wohnen, dachte sich Toth. Lage zählte eben auch am Friedhof.

Als er an einem opulenten, mit Efeu bewachsenen Mausoleum aus dunklem Marmor vorbeikam, lief ihm ein Trauerkranz über den Weg. Er hatte locker einen Durchmesser von einem Meter, gesteckt aus gelben und rosa Ranunkeln, umrandet von spitzen Palmblättern. Am unteren Ende waren zwei Füße zu erkennen, die schnellen Schrittes in Toths Richtung einbogen. »Hallo Martha. Bringst du dieses Riesending zu mir?«, sprach Toth den »lebenden« Kranz an.

»Servus Toth. Halle 1, Aufbahrungssaal 3? Wenn dort dein Kunde liegt, dann gehört er dir«, antwortete der Ranunkelkranz.

Mit einem lauten Rascheln stellte die Blumenhändlerin, die exakt 111 Zentimeter groß war, ihr florales Kunstwerk vor sich auf den Boden, schaute Toth mit genervtem Blick an und sagte: »Und wie oft soll ich es dir noch sagen. Ich bin die Meter. Keiner hier nennt mich Martha. Einfach Meter. Kapiert?«

»Ja, kapiert Mar… ähm Meter«, antwortete Toth etwas verlegen und nahm der selbstbewussten Floristin mit der dunkelblonden Igelfrisur den Kranz ab. »Ich nehme ihn gleich mit. Der gehört mir.«

»Du bist ein Schatz, danke dir«, antwortete Meter fröhlich und ging um neun duftende Kilogramm erleichtert zurück in Richtung ihres Blumenladens beim Friedhofseingang.

»Aber pass auf beim Tragen. Diese verdammten Palmblätter sind sehr spitz. Jeder zweite Kunde will die derzeit haben. Ein echter Modetrend.«

Toth musste sich beeilen. Es war noch allerhand vorzubereiten für seine letzte Trauerfeier des Tages. Mit dem Kranz unter dem linken Arm und seinem Trauertrolley in der rechten Hand ging er im Kopf die Liste an Dingen durch, die er in den nächsten 15 Minuten noch erledigen musste. Sarg kontrollieren. Kerzen anzünden. Blumenschmuck drapieren. Auch den Metallständer fürs Kondolenzbuch durfte er nicht vergessen. Als er schon fast bei seinem Ziel war, stach ihm erneut ein Farbklecks ins Auge.

Diesmal war er nicht gelb und aus Blumen, sondern knallrot und aus Keramik oder Porzellan. Er war sicher, dieses Ding schon einmal gesehen zu haben. Ja, kein Zweifel. Auf einem schlichten Grab auf der Rückseite der Halle 1 stand eine kleine, rote Katzenstatue. Genauso eine, wie er sie in Walters Wohnung am Vortag gesehen hatte.

Toth sah auf die Uhr. 13 Minuten hatte er noch bis zum Beginn der Trauerfeier. Es war knapp, doch er konnte nicht anders. Er legte Kranz und Trolley beiseite, kniete sich vor die tierische Skulptur und begutachtete sie von allen Seiten. Sie war aus Porzellan, stellte er jetzt fest. Die knallrote Farbe war schon etwas abgesplittert.

Auf seinem Handy verglich Toth die drei Katzen aus Walters Vitrine mit der, die er vor sich hatte. Es waren exakt die Gleichen. Auf der Unterseite der Porzellanfigur blieb Toths Blick hängen. Sekundenlang starrte er auf das, was er da sah. Er schaltete den Kameramodus auf seinem Smartphone ein und machte ein Foto davon. Diese Information könnte ihm später noch nützlich sein, dachte er.

Dienstag, 17.28 Uhr

Seine dunkelroten Sneaker waren ihm wesentlich angenehmer als die klobigen, schwarzen Arbeitsschuhe. Und auch in Jeans und langärmligem Sweater samt dunkelgrünem Parka fühlte sich Toth deutlich wohler als in der dunklen Arbeitsmontur, die nun schon seit vier Monaten zu seinem Job gehörte. Er war bereits das dritte Mal in zwei Tagen bei dieser Adresse. Doch es war das erste Mal, dass er in seiner Privatkleidung vor dem Altbau stand, in dem Walter Pointner gewohnt hatte.

In der Dämmerung sah das vierstöckige Gebäude nicht ganz so heruntergekommen aus wie bei Tageslicht. Die zunehmende Dunkelheit verschluckte die Risse in den grauen Mauern. Auch die beiden Fensterscheiben im ersten Stock waren nur noch bei sehr genauem Hinsehen als eingeschlagen zu erkennen.

Toth versuchte noch einmal sein Glück und klingelte bei Pointner. Ein kurzes Surren. Nichts. Es war offenbar auch am frühen Abend niemand zu Hause. Keine Angehörigen und auch nicht die Pflegerin. Toth hatte sich noch im Büro ihren vollen Namen und ihre Telefonnummer aus dem Computersystem der Bestattung gesucht. Gabrijela Dumitru hieß die Frau. Das hatte sie zumindest bei einer von Toths Kolleginnen angegeben, die ihre Daten aufgenommen hatte, nachdem sie den toten Walter im Rollstuhl zur Bestattung gebracht hatte.

Er wählte ihre Nummer. Es läutete einmal, zweimal. Mailbox. Gabrijela hatte ihn offenbar weggedrückt.

Es kann doch nicht so schwer sein, diese Frau kurz zu sprechen, dachte sich Toth und versuchte es ein weiteres Mal. Diesmal meldete sich gleich die Mailbox.

Toths journalistischer Instinkt sagte ihm, dass die Pflegerin die Antworten auf viele offene Fragen wusste. Wer war der Mann? Hatte er Familie? Wie krank war er? All das würde Toth brennend interessieren. Und Marie-Theres wohl auch, dachte er und lächelte sanft dabei.

Das Rauchen hatte er sich vor Jahren abgewöhnt, als ein lieber Journalistenkollege an Lungenkrebs gestorben war. Deshalb fischte er keine Zigarette, sondern einen Kaugummi aus seiner rechten Jackentasche. Eine Ersatzhandlung. Zum Nachdenken.

Langsam ging Toth vor dem heruntergekommenen Haus auf und ab. Hätte ihn jemand beobachtet, hätte er wahrscheinlich gewirkt wie ein Verdächtiger, der nach der Polizei Ausschau hält, während die Komplizen im Haus eine Wohnung ausräumen, dachte er.

Wie konnte er zu mehr Informationen über Walter Pointner kommen? Was hätte er als Journalist getan? Wen hätte er gefragt? Wo recherchiert? Du musst immer das große Ganze sehen, hatte ihm sein Mentor Otto Wurm stets mitgegeben. Mit diesem Gedanken im Kopf ging er auf die andere Seite der kaum befahrenen Einbahnstraße.

Toth überblickte nun die gesamte Fassade des Haues. Er betrachtete gewissermaßen das große Ganze. Mit verschränkten Armen starrte er mindestens eine Minute lang auf das Gebäude vor ihm. Da fiel ihm etwas auf. Bei Walter Pointner brannte kein Licht. Wenig überraschend.

67

Der Bewohner saß tiefgekühlt im Rollstuhl im Keller der Bestattung. Aus dem Fenster daneben flackerte blaues Licht. Wohl ein Fernseher, der in der Wohnung der Kreutzers lief. Bei der Hausmeisterin im Souterrain war es ebenfalls dunkel. Sie hatte wohl schon einen Obstler zu viel und war schlafen gegangen, dachte Toth.

Wie mit einem Kameraobjektiv weitete er seinen Blick. Vor ihm sah er nun drei etwa gleich große Häuser. In der Mitte das Dunkelgraue mit Walter Pointners Wohnung. Rechts daneben eines in einer ähnlichen Farbe. Links davon ein in Hellgelb gehaltenes.

Alle waren relativ gleich alt und ähnlich desolat, soweit Toth das in der Dunkelheit erkennen konnte. Und noch etwas hatten die beiden Häuser mit dem in der Mitte gemeinsam. Sie waren unbewohnt. Hinter keinem einzigen ihrer Fenster brannte Licht.

Die einzige Lichtquelle in den drei Gebäuden war der flackernde Fernseher der Kreutzers.

Direkt angeschlossen an das hellgelbe Haus bemerkte Toth ein orange-schwarzes Schild. Das Logo darauf kannte er. Es war das einer Tankstellenkette, die vor wenigen Monaten pleite gegangen war. Toth fischte wieder etwas aus seiner Jackentasche. Diesmal war es kein Kaugummi, sondern sein Handy. Zum Glück meldete sich diesmal keine Mailbox am anderen Ende der Leitung. Toth kam gleich zur Sache: »Hallo, Alex hier«, sagte er. »Kannst du mir bitte etwas nachsehen?«

Sind das bereits die Engel? Sind sie es, die für mich singen? Es klingt fast so. Diese schönen Stimmen, begleitet von hellen Glockenklängen. Wie ein Himmels-Chor erfüllen sie den dunklen Raum, in dem ich noch immer sitze und warte. Worauf eigentlich? Langsam wird es ziemlich langweilig hier. Oder ist es hier drin noch immer totenstill, und ich habe die Melodie nur einfach so oft gehört, dass sie von selbst in meinem Kopf läuft? Es wäre nicht verwunderlich.

Jeder Takt. Jedes Wort. Jede Zeile. Dieses Lied zu hören, war für mich schon immer der Himmel auf Erden. Auch wenn ich meine Nachbarn damit vermutlich in den Wahnsinn getrieben habe, ich liebe dieses Lied und kann mich nicht daran satthören. Ob im Winter, im Frühling, im Sommer oder im Herbst. Es löst in mir eine Mischung aus Sehnsucht, Glück und Traurigkeit aus.

Weihnachten ist der einzige Tag, an dem ich es nicht übers Herz bringe, es zu hören. Das tut zu sehr weh. Viel zu sehr.

Mittwoch, 8.04 Uhr

Er atmete den Geruch von frischem Heu und Dünger ein und war binnen Sekunden wieder ein Bub. Mehrere Sommer lang hatten Toths Eltern ihn als Kind auf ein Sport-Ferienlager am Land geschickt. Leichtathletik. Fünfkampf. Doch statt für die Wettkämpfe zu trainieren und Medaillen zu jagen, hatte er schon damals jedes Buch gelesen, das ihm in die Hände gekommen war. Im Schatten einer mächtigen Pappel, direkt neben ausgedehnten Maisfeldern, auf denen es genau so gerochen hatte wie an dem Ort, den Toth und Marie-Theres gerade betreten hatten. »Was tun wir eigentlich hier?«, fragte Marie-Theres hörbar genervt.

»Lass dich überraschen«, antwortete Toth und konnte sich ein Schmunzeln nicht verkneifen.

»Wie bitte? Bei dem Gebell hier versteht man ja sein eigenes Wort nicht«, sagte Marie-Theres in etwas lauterem Ton.

Toth und die Sargträgerin hatten sich für heute zu einem späteren Dienst einteilen lassen. Der Disponent in der Verwaltung hatte Marie-Theres' Augenaufschlag nicht widerstehen können und sofort eingewilligt, obwohl dieser Luxus normalerweise nur alteingesessenen Kollegen vorbehalten war.

Nun standen sie in einem schmalen Gang, umringt von Käfiggittern, beleuchtet von flackernden Neonleuchten, angestarrt von zahlreichen treuherzigen Blicken. Das Tierheim im Süden der Stadt war eines der privat geführten. Es lag gleich in der Nähe der über die Stadtgrenzen hinaus bekannten Wohntürme von Alt-Erlaa, die von vielen Orten Wiens aus nicht zu übersehen waren.

Hier im Tierheim gab es viel zu wenig Platz für viel zu viele Tiere. Das erkannte Toth schon nach wenigen Schritten durch das in die Jahre gekommene Gebäude. Es roch nach Tierkot und Hundefutter. Dazu mischte sich der Duft von frischem Heu, mit dem die Käfige für die Kaninchen ausgelegt waren. Tierische Bewohner sahen Toth und Marie-Theres hier zuhauf. Doch auch nach fünf Minuten bekamen sie keinen einzigen Menschen zu Gesicht.

Irgendjemand musste sich doch um die armen Viecher kümmern, dachte Toth, als Marie-Theres ihre Frage wiederholte. »Jetzt sag schon. Was machen wir hier? Dafür habe ich meinen ganzen Charme spielen und unsere Dienste tauschen lassen?«

Toth hörte die neuerliche Frage seiner Kollegin zwar, reagierte aber nicht. Wie angewurzelt blieb er in seiner Privatkleidung vor einem der größeren Gehege stehen und starrte hinein.

»Reichen dir eine Katze zu Hause und eine als Klingelton nicht?«, fragte Marie-Theres in das Gemisch aus Gebell und Miauen hinein.

»Karla Kolumna ist eine Einzelgängerin«, antwortete Toth und löste seinen Blick von dem Katzengehege.

Als die beiden dem langen Gang weiter folgten, kam ihnen doch noch ein Zweibeiner entgegen, besser gesagt eine Zweibeinerin. Dunkelbraune Dreadlocks, ein Piercing in der Unterlippe, ein hölzernes Peace-Zeichen, das an einer Lederkette um den Hals der Frau hing.

»Guten Tag. Kann ich Ihnen helfen? Sind Sie auf der Suche nach einem neuen Haustier?«, fragte sie in steirischem Dialekt.

»Wir schauen uns nur ein wenig um. Wir müssen leider auch gleich wieder los«, antwortete Toth.

»Vorn beim Eingang liegen ein paar Info-Folder. Die können Sie sich gern mitnehmen, falls Sie es sich doch noch überlegen«, sagte die Frau und schloss dabei das Kaninchengehege auf, um ein paar vertrocknete Karotten hineinzulegen.

Toth, der mit Marie-Theres schon auf dem Weg zum Ausgang war, drehte sich noch einmal um. »Könnten Sie mir sagen, wo ich den Chef oder die Chefin finde?«, fragte er.

»Das bin ich«, sagte die Frau, sie schien aber nicht besonders stolz darauf, sondern eher bedrückt davon zu sein.

»Dann habe ich doch noch eine Frage«, sagte Toth. »Kannten Sie Walter Pointner?«

Die Tierheimchefin, die gerade vor den hungrigen Kaninchen hockte, strich sich zwei dicke, braune Dreadlocks aus dem Gesicht. »Wieso ›kannten‹? Ist etwas mit ihm?«

Toth versuchte einen Moment lang, den Gesichtsausdruck der jungen Frau zu deuten und musterte ihre Mimik, überließ es ihr schlussendlich aber selbst, sich die Antwort auf die Frage zusammenzureimen.

Beim verwaisten Empfang des Tierheimes lagen tatsächlich stapelweise Folder und Info-Broschüren. Toth steckte sich je ein Exemplar davon ein, bevor sie gemeinsam das Gewirr aus Hundegebell, Vogelgezwitscher und Miauen hinter sich ließen.

»Offenbar kannte sie Pointner«, stellte Toth fest, als sie auf dem Parkplatz des Tierheims vor seinem türkisen Twingo standen.

»Deshalb sind wir wohl hier, du Geheimniskrämer.«

»Hattest du den Eindruck, dass die Nachricht von seinem Tod sie getroffen hat?«, fragte Toth seine Kollegin, als er die Fahrertür seines Autos öffnete.

»Du hast ihr nicht gesagt, dass er gestorben ist.«

»Das war doch wohl klar.«

»Ich war ehrlicherweise von ihrer Frisur abgelenkt und hab' nicht drauf geachtet. Aber jetzt sag schon: Was hat es mit diesem Tierheim auf sich?«

»Komm, wir müssen los, sonst regt sich die Hansen wieder auf«, sagte Toth und stieg ein, den Geruch von Heu und Dünger noch immer in der Nase. »Hier waren wir jedenfalls genau richtig.«

Mittwoch, 10.14 Uhr

Es war eine Ansammlung bunter Farbkleckse an diesem verregneten Vormittag am Zentralfriedhof. Dicht an dicht standen die Touristen mit ihren aufgespannten Schirmen rund um die sogenannte Musikergruppe, als Toth an ihnen vorbeiging. So hieß am Wiener Zentralfriedhof jener Bereich, in dem die größten Komponisten der österreichischen Geschichte begraben lagen.

Wie Groupies bei einem Boyband-Konzert waren diese Besucher. Nur dass die Fans um die siebzig waren und ihre Stars seit Hunderten Jahren tot. Mozart. Brahms. Strauss. Beethoven. Das waren die Publikumsmagneten aus dem Jenseits, deren irdische Bühne bei diesem Wetter eine ganz besondere Atmosphäre versprühte.

Neben dem Regen, der auf die Schirme prasselte, hörte Toth auch einige Wortfetzen der schmächtigen Fremdenführerin, die ihre Gruppe auf Englisch unterhielt. Sie erzählte gerade, dass der Zentralfriedhof bei den Wienern zur Zeit seiner Eröffnung recht unbeliebt war, weil niemand am Stadtrand begraben sein wollte. Um sie doch dazu zu motivieren, ließ die damalige Stadtverwaltung Prominente aus- und hier wieder eingraben. Bei den Touristen sorgte das für erstauntes Raunen.

Toth kannte viele dieser Geschichten bereits. Sie faszinierten ihn trotzdem jedes Mal aufs Neue. Deshalb verlangsamte er seine Schritte etwas, um mehr zu hören.

In Kürze hatte er einen Termin im Ehrenhain, etwa zwei Gehminuten von diesem morbiden Klassik-Treffpunkt entfernt. Die Witwe eines prominenten Musikers der Gegenwart, der vor zwei Wochen vor seiner Garage tot umgefallen war, wollte die passende letzte Ruhestätte für ihren Liebsten aussuchen. Ein Ehrengrab. Nicht nur als lebender Celebrity war es ihm wichtig gewesen, mit wem er wo gesehen wurde. Auch der allerletzte Nachbar wollte gut ausgesucht werden, das hatte die Frau ihm schon am Telefon klar gemacht.

Im Kopf ging Toth die möglichen freien Plätze durch, als er seinen Ohren nicht traute. Moment mal, dachte er sich. Ist das nicht ...? Nein. Oder? Doch. Das ist sie. Das gibt's nicht!

In der verregneten Luft lag mit einem Mal jene Melodie, die Toth vor zwei Tagen in Walter Pointners Wohnung gehört und gestern vergeblich nachzupfeifen versucht hatte. Wo kam sie her?

Er sah sich um und versuchte, die Quelle der weihnachtlichen Musik zu lokalisieren. Er ging einige Schritte zurück zur Regenschirmgruppe. Sie stand jetzt vor dem weißen Obelisken mit dem goldenen Schmetterling, unter dem die sterblichen Überreste Beethovens lagen. Je näher Toth kam, desto lauter wurden die Klänge, die ihm seit Anfang der Woche nicht aus dem Kopf gingen. Ha. Da war es. Da kam die Melodie her.

Toth beobachtete, wie eine ältere Dame ihren Schirmgriff zwischen Kinn und Schulter einklemmte und mit der freien Hand in den Weiten ihrer weißen Handtasche kramte. Es war der Klingelton ihres Handys. Toth stürmte auf die Touristin zu.

»Sorry«, sagte er leise, klopfte ihr vorsichtig auf die Schulter und deutete auf ihr immer noch läutendes Smartphone.

Die Frau wirkte peinlich berührt und vermutete wohl, sie hätte ein Handyverbot am Friedhof übersehen und missachtet.

Sie drückte auf den »Ablehnen«-Button und steckte das Mobiltelefon hastig dorthin zurück, wo sie es gerade gefunden hatte.

»Kein Problem. Sie dürfen hier telefonieren«, sagte Toth in perfektem Englisch, als er merkte, wie unangenehm der Frau die Situation war. »Ich würde nur gern wissen, was das für eine Melodie war, die Sie als Klingelton eingestellt haben.«

Die Touristin hatte mit dieser Frage sichtlich nicht gerechnet. Sie begutachtete Toth und seine dunkle Uniform von oben bis unten und lachte. »Meine Enkel ziehen mich auch immer damit auf und sagen: Oma, du bist so peinlich«, antwortete sie ebenfalls auf Englisch, allerdings mit stark spanischem Akzent. »Vor allem, wenn bei uns in Valencia im Sommer das Weihnachtslied zu spielen beginnt, wenn mich jemand anruft.«

»Sie mögen scheinbar Weihnachtslieder.«

»Nicht irgendwelche. Es ist das Weihnachtslied. Es heißt Mi mayor Regalo und bei uns kennt es jedes Kind. Es läuft in Spanien noch öfter im Radio als Last Christmas.«

»Gracias. Feliz Navidad«, aktivierte Toth seine spärlichen Spanischkenntnisse und verabschiedete sich.

Während er zum Ehrenhain ging, kratzte er sich am Kinn und dachte nach. Warum spielte ein Wiener Pensionist ein spanisches Weihnachtslied im Oktober? Hatte er irgendeine Beziehung zu Spanien? War er möglicherweise dort gern auf Urlaub? Die Nachbarn hatten nichts davon erwähnt.

Vor der imposanten Bartholomäuskirche im Zentrum des Friedhofs bog er nach links ab und kam bei einem Begräbnis vorbei. Zwei von Marie-Theres' Kollegen ließen gerade einen schlichten Lärchensarg mit drei großen Blumenkränzen darauf in das für ihn ausgehobene Erdloch sinken. Die wenigen schwarz gekleideten Trauergäste lagen sich in den Armen und weinten.

Komisch, dass bei Walter Pointner offenbar niemand traurig war, dachte er. Zuerst der vor Freude hüpfende Bub der Kreutzers und dann auch noch die Öko-Frau im Tierheim, die auch nicht sonderlich betroffen gewirkt hatte. Gab es Tode, über die niemand traurig war? Als Toth schon fast beim Ehrenhain angelangt war, spürte er ein leichtes Kribbeln. Es kam aus seiner rechten Hosentasche, verursacht durch eine SMS von Marie-Theres. »Ich habe gerade erfahren, dass der Leichnam vom Pointner freigegeben ist. Der Amtsarzt konnte nichts Ungewöhnliches feststellen. Es gibt keine Versicherung und keine Angehörigen. Er kriegt ein Armenbegräbnis. Am Freitag! LG MT.«

Toth spürte, wie diese Nachricht seinen Puls beschleunigte. Freitag. Puh. Ihnen blieb nur noch wenig Zeit,

77

dachte er und sah auf die Datumsanzeige auf seinem Telefon.

Beim Ehrenhain wartete bereits die Musikerwitwe auf Toth. Direkt neben Falcos Grab. Sie schützte ihre ondulierte Frisur mit einem schwarzen Schirm vor dem Regen.

Noch bevor er sie begrüßte, sagte Toth zu sich selbst: Wenn wir etwas herausfinden wollen, müssen wir schnell sein. In zwei Tagen ist er unter der Erde, und dann wird es schwer.

Mittwoch, 11.58 Uhr

Die dicke Schneeschicht saß wie eine weiße Haube auf dem roten Ziegeldach, das umringt von Tannenbäumen auf einer Lichtung stand. Obwohl es mindestens 25 Grad hatte, veränderte sich die winterliche Landschaft nicht.

Toth saß an einem der Tische im stickigen Pausenraum, starrte auf das Ölbild und bemerkte, wie die blassen Farben schuppenförmig abblätterten. Sein Bestatterkollege Emil versuchte sich in seiner Freizeit als Maler und beglückte die Kollegenschaft seit Jahrzehnten mit seinen Werken.

Die kitschige, winterliche Impression passte immerhin zu den Klängen, die Toths auf dem abgenützten Tisch liegendes Handy von sich gab. »Eres mi mayor regalooooooooooo«, sang ein kraftvoller Bariton aus dem Smartphone, begleitet von einem hellen Glockenspiel und unterstützt von einem Kinderchor. Ein echter Ohrwurm. Obwohl Toth kein Wort des spanischen Textes verstand, war ihm dieses Lied nach der kurzen und lauten Hörprobe in Walter Pointners Wohnung nicht mehr aus dem Kopf gegangen.

Als er gerade in den Song-Details des YouTube-Videos nach Interpret und Komponist suchen wollte, platzten zwei von Toths Kollegen in den abgewohnten Pausenraum. Ihre Gesichter waren hochrot. Ihre dunkelgrauen Talare waren völlig durchnässt vom Regen, der noch immer nicht nachgelassen hatte. »Bitte, hast du so etwas schon einmal erlebt? Ich bin jetzt seit vierzig Jahren dabei, aber das ist mir noch nie passiert«, sagte der Kleinere von den beiden. Es war Emil. Der Hobbykünstler.

»Da streiten sich doch tatsächlich drei Söhne am Grab ihrer Mutter darum, wer ihren Hund zu sich nach Hause nehmen darf! Und dann prügeln sich die Deppen auch noch. Am Friedhof. Das glaubt dir ja keiner«, fuhr der hagere Mann fort und ließ seinen Kollegen gar nicht zu Wort kommen.

»Da hättest du was zu berichten gehabt«, sagte Emil zu Toth, der so getan hatte, als würde er die aufgeregte Unterhaltung nicht mitverfolgen. »Am Ende war sogar die Polizei da.«

»Wirklich eine arge Geschichte«, pflichtete Toth seinem Kollegen bei, wandte sich wieder seinem Smartphone zu und spielte den Song noch einmal ab, diesmal allerdings wesentlich leiser als zuvor.

Bei einer Zahl, die ihm zunächst gar nicht aufgefallen war, blieb Toths Blick hängen. 301 Millionen. Er zoomte mit zwei Fingern ein wenig näher. Tatsächlich.

Das Video dieses Weihnachtsliedes kam bisher auf 301 Millionen Aufrufe.

Wow. Das waren eine Menge. Unter dem Video, das eigentlich kein Video war, sondern das Standbild eines Plattencovers mit einem Weihnachtspackerl samt Herz an der Schleife darauf, öffnete Toth die Details zu dem Lied.

Titel: »Mi mayor Regalo«
Interpret: Adriano Rossi
Komponist: José Maria Lopez

Text: Walter Malatesta

Veröffentlichung: 1983

Als Toth noch weiter nach unten scrollte, kam er zu den Kommentaren. 180.453 Kommentare. Fast alle auf Spanisch, aber es gab auch einige Englische, die Toth verstand.

»The best Christmas-Song ever!!!«

»Everytime I hear this, I have to cry.«

Es schien nur positive Kommentare zu geben.

Der eingängige Song muss in der spanischen Welt tatsächlich ein Megahit sein.

Mehr als 300 Millionen Klicks hatten normalerweise nur Videos von Popstars wie Lady Gaga oder Justin Bieber. Toth sah sich noch einmal die Namen des Komponisten und des Texters an, da riss ihn Marie-Theres aus seinen Gedanken.

»Gibt's was Neues?«, fragte sie, während sie ihren nassen Talar auszog, ihn über eine Stuhllehne hängte und ihm gegenüber Platz nahm.

Toth stoppte das Video, das noch immer leise vor sich hin lief.

»Wir wissen jetzt zwei Dinge«, sagte er.

»Erstens: Das Tierheim hatte massive Geldprobleme. Und zweitens: Walter Pointner war reich.«

»Die Katzen haben wirklich verhungert ausgesehen. Aber Pointner reich? Wie kommst du jetzt drauf?«

»Ist dir nichts an den Fahrkarten aufgefallen, die ich in seiner Wohnung fotografiert habe?«, fragte Toth zurück.

»Na ja, Wels. Seltsamer Urlaubsgeschmack halt«, antwortete Marie-Theres.

»Die Bahntickets waren zum Normaltarif gekauft. Vollpreis. Jeder Pensionist, der wenig Geld hat, kauft sich eine Karte zum vergünstigten Pensionistentarif«, sagte Toth.

»Geh bitte. Das muss gar nichts heißen. Mein Großonkel, der mit der ganzen Familie zerstritten ist, hat auch wenig Geld und kauft sich trotzdem kein Pensionistenticket. Dafür ist er zu stolz.«

Toth nickte.

Das konnte er nachvollziehen.

»Erinnerst du dich noch an die roten Katzenfiguren, die ich in Walter Pointners Wohnung fotografiert habe?«, fragte er.

»Du meinst diese geschmacklosen Dinger?«

Toth nickte. »Rate, wie viel du für so eine Katze bezahlen musst.«

»Wo? Im 50-Cent-Shop?« Marie-Theres rutschte ungeduldig auf dem Sessel hin und her.

»Mit fünfzig liegst du ganz richtig. Es sind 50.000 Euro«, sagte Toth und schaute in das erstaunte Gesicht seiner hübschen Kollegin.

Es wirkte auf einmal so eingefroren wie die winterliche Impression an der vergilbten Wand.

Mittwoch, 13.49 Uhr

Er sah nach links. Dann nach rechts. Dann noch einmal nach links. Die Luft war rein. Toth wollte sicher sein, dass ihn niemand beobachtete, bei dem, was er vorhatte. Es war ihm ein wenig peinlich. Doch seine Neugierde war zu groß.

Er stand im lichtdurchfluteten Ausstellungsbereich der Bestattungszentrale. An einem meterlangen Metallseil hingen zahlreiche Halogenspots. Sie beleuchteten die verschiedenen Sargmodelle. Die amerikanische Variante mit aufklappbarem Kopfteil. Die schlichte Version aus Lärchenholz und die Neuheit im Sortiment, vor der Toth gerade stand.

Es war ein Pilzsarg. Der letzte Schrei in der Bestattungswelt. Das Öko-Modell für den umweltbewussten Toten. Er sah ein wenig aus wie ein überdimensionierter Eierkarton aus Styropor. Eierschalenweiß mit rauer Oberfläche. Rund tausend Euro kostete der Sarg aus dem Wurzelgeflecht verschiedener Pilzarten, der sich selbst samt seinem Inhalt in nur einem Monat unter der Erde auflöste. Die Bestattung Wien war das einzige Unternehmen landesweit, das diese Erfindung eines Holländers vertrieb.

Toth vergewisserte sich noch einmal, dass ihm niemand zusah, beugte sich über den Pilzsarg und schnupperte zunächst ganz vorsichtig daran. Doch auch als er tief durch die Nase einatmete, roch er nichts. Gar nichts. Seit der Sarg hier vor wenigen Tagen aufgestellt worden war, fragte er sich, ob er nach Schwammerln riechen würde, so wie im Wald, wo er mit seinen Eltern als Kind oft Steinpilze und Eierschwammerl suchen war. Doch der Sarg war geruchsneutral. Wäre das auch geklärt.

In Wahrheit versuchte Toth, im Foyer unauffällig die Zeit zu überbrücken. Um 14 Uhr würde Gabrijela Dumitru zum Empfang kommen, um Kleidung für Walters letzte Reise vorbeizubringen. Toth hatte im bestattungsinternen Kalender ihren Namen eingegeben und den Termin bei einem seiner Kollegen entdeckt.

Es war seine letzte Chance, vor dem Begräbnis an die Pflegerin, die für ihn bisher wie ein Phantom war, heranzukommen. Sie war die wichtigste Quelle, um mehr über Walter Pointner herauszufinden. Wer war der Mann? Wie hatte er gelebt? Was machte er beruflich? Hatte er Kinder? All das wollte Toth wissen.

Marie-Theres hatte die Idee, den Gabrijela zugeteilten Kollegen abzulenken und wegzulocken. Mit ihrem betörenden Augenaufschlag hatte sie ihn gebeten, ihr bei einer Reparatur zu helfen. Es ging um einen klemmenden Versenkungsapparat, also um eine jener massiven Metallvorrichtungen, mit denen die Särge in die Erdlöcher gelassen wurden. Während Toth neben dem Pilzsarg den Eingang im Blick behielt, mühte sich der Kollege wahrscheinlich ab, sich vor Marie-Theres nicht zu blamieren.

»Ich sage ihm einfach, dass du bestimmt so nett bist, seinen Termin zu übernehmen«, hatte Marie-Theres ihm erklärt und wenig später eine SMS geschickt: »Gabrijela gehört dir.«

Zwei Minuten zu früh und mit suchendem Blick betrat die zierliche Frau in einem schlichten schwarzen Kleid das verglaste Gebäude. »Guten Tag«, sagte Toth. »Frau Dumitru?«

»Ja, das bin ich«, antwortete sie mit leichtem slawischen Akzent. »Ich kenne Sie doch. Waren Sie nicht am Montag in Herrn Pointners Wohnung?«

»Unsere erste Begegnung ist, sagen wir einmal, nicht ideal verlaufen. Ich möchte mich in aller Form dafür entschuldigen. Dafür bekommen Sie jetzt unseren besten Service«, versicherte Toth.

Gabrijela ließ sich davon nicht beeindrucken. »Ich möchte zu einem anderen Kollegen. Außerdem muss ich mich noch über Sie beschweren«, sagte sie aufgebracht und wandte sich ab.

»Schauen Sie, alle anderen Kollegen sind gerade im Einsatz. Ich bin für Sie eingeteilt und habe mir extra viel Zeit freigehalten«, versuchte Toth sie zu beruhigen.

»Sehr lang werden wir sowieso nicht brauchen«, antwortete die Frau, die ihre schwarzen Haare diesmal offen trug.

Mit einer einladenden Handbewegung deutete ihr Toth den Weg zu seinem Büro und versuchte, so sanft wie möglich zu klingen. »Zuerst einmal ganz offiziell: mein herzliches Beileid zu Ihrem Verlust. Es muss schlimm für Sie gewesen sein, Herrn Pointner tot aufzufinden.«

»Es war das Schrecklichste, das mir je passiert ist. Ich bekomme diese Bilder nicht mehr aus dem Kopf«, antwortete Gabrijela, als sie an Toths Schreibtisch Platz nahm,

85

einen großen, weißen Plastiksack daraufstellte und den Inhalt langsam auspackte. »Das waren seine Lieblingssachen. Die sollte er auch auf seinem letzten Weg tragen.« Liebevoll strich sie über das orange-gelb-karierte Hemd und die beigen Hosenträger, die mittlerweile ausgebreitet auf dem Schreibtisch lagen.

»Er hätte sich bestimmt darüber gefreut, dass Sie sich solche Gedanken machen«, versicherte Toth und schlichtete die Kleidungsstücke vorsichtig zurück in den Plastiksack. »Bei uns haben sich keine Verwandten von Herrn Pointner gemeldet, und es gibt keine Bestattungsvorsorge. Deshalb bekommt er ein Sozialbegräbnis, das die Stadt finanziert«, erklärte er. Vorsichtig fügte er hinzu: »Sie waren ja seine Pflegerin. Hatte Herr Pointner denn gar kein Vermögen?«

»Herr Pointner war ein sehr bescheidener Mensch. Er hat nicht viel gebraucht«, antwortete Gabrijela und faltete dabei ihre Hände zusammen, als würde sie beten.

»Hatte er Kinder? Oder eine Frau beziehungsweise eine Ex-Frau?« Toth ergänzte die etwas indiskrete Frage: »Nur damit wir wissen, wie viele Plätze wir bei der Trauerfeier ungefähr brauchen.«

»Herr Pointner hat nie etwas von Kindern erzählt. Und seine Lebensgefährtin ist vor vielen Jahren gestorben«, antwortete Gabrijela knapp.

»Und wie lang haben Sie schon für ihn gearbeitet, wenn ich fragen darf?«, fragte Toth weiter.

»Sagen Sie, was ist das hier? Ein Polizeiverhör?« Gabrijela sprang auf und schob dabei mit einem Stoß den Sessel nach hinten. »Ich wusste schon, warum ich nicht zu Ihnen wollte. Es ist eine Frechheit, wie Sie mit mir sprechen.« Schnaubend wollte sie das Büro verlassen.

»Was ist denn hier los?«

Das hatte Toth gerade noch gefehlt. Der Feldwebel mit Dutt war ausgerechnet jetzt vor seinem Büro angerückt, zum denkbar ungünstigsten Zeitpunkt. Toth sah, wie sich das ohnehin schon grimmige Gesicht seiner Chefin noch weiter verfinsterte.

»Ich werde hier behandelt wie eine Verbrecherin. Eine Frechheit ist sowas«, schimpfte Gabrijela und drängte an der im Türrahmen stehenden Bärbel Hansen vorbei.

»Toth, jetzt reicht's«, sagte sie.

»Ich habe jetzt einen wichtigen Termin, aber wir müssen danach ein ernstes Gespräch führen.« Damit verschwand sie in die gleiche Richtung wie die verärgerte Kundin.

Toth atmete tief ein, schloss die Augen und versetzte sich für einen Moment in einen Wald. Wälder hatten schon immer eine beruhigende Wirkung auf ihn gehabt. In dem seiner Vorstellungen duftete es intensiv nach Pilzen.

Mittwoch, 14.20 Uhr

In der für Ende Oktober immer noch recht starken Nachmittagssonne, die sich nach dem verregneten Vormittag durchgesetzt hatte, glänzte er wie ein frisch glasierter Punschkrapfen aus der Friedhofskonditorei. Toth atmete einen leichten Schweißgeruch ein, als der Jogger im hautengen, pinken Multifunktionsshirt an ihm vorbeilief. Die rote, ausgewaschene Kappe auf seinem Kopf sah aus wie die Kirsche auf der beliebten Wiener Mehlspeise.

Toth war auf dem Weg zu seiner letzten Trauerfeier für den heutigen Tag. Dabei kreuzte er eine der Laufstrecken, die auf dem Wiener Zentralfriedhof vor einigen Jahren unter großem Protest vor allem älterer Friedhofsbesucher eröffnet worden waren. Sie führte fünf Kilometer quer durch das riesige, grüne Areal, vorbei auch am allerersten Einzelgrab. Gruppe 0, Reihe 0, Nummer 1. Hier wurde 1874 ein gewisser Jakob Zelzer beigesetzt. Ein Wiener Bürger aus der Josefstadt, wie auf dem hellgrauen Grabstein zu lesen war, der die Hobbyläufer bei ihrer Friedhofsfitness allerdings nicht mehr anfeuern konnte.

Toth presste sein blasses Handgelenk unter die Nase und versuchte mit dem Duft seines zitronigen Parfüms, das er heute Früh aufgetragen hatte, den Geruch des verschwitzten Friedhofsläufers zu übertünchen. Schlechte Gerüche hatten ihn schon als Kind übel werden lassen. Als er einmal ein Jausenbrot seiner Mutter in der Schultasche vergessen und es eine Woche später wiederentdeckt hatte, übergab er sich über sämtliche Hefte und Bücher, was ihm wochenlang peinlich gewesen war.

Auch in seinem neuen Job als Bestatter machte ihm seine feine Nase oft Probleme. Während er mittlerweile kein Problem mehr damit hatte, Leichen zu sehen oder zu berühren, musste er bei gewissen Ausdünstungen seiner Klienten manchmal immer noch die Luft anhalten oder sich einen stark nach Menthol riechenden Tigerbalsam unter die Nase reiben. Diesen Trick hatte ihm sein Freund Bertl einmal gezeigt. Der Polizist musste im Lauf seiner Karriere immer wieder in Wohnungen und Häuser, in denen Leichen oft schon wochenlang gelegen hatten.

Als der Punschkrapfen auf zwei Beinen im Schneckentempo kurz vor der Halle 1 nach links abbog und Toths Blick auf die herbstlich bewachsenen Gräberreihen freigab, bemerkte es der Bestatter. Die rote Katze war verschwunden. Als Toth nah zu dem schlichten Grab kam, erkannte er einen hellen, kreisrunden Abdruck vom Sockel der Figur. Jemand musste sie mitgenommen haben.

Warum war diese Katze von hier verschwunden? Ausgerechnet jetzt? Zufall? Er konnte zwar keinen logischen Zusammenhang herstellen, aber aus irgendeinem Grund fiel ihm Gabrijela ein. Irgendetwas stimmte mit dieser Frau nicht. Das hatte Toth nach dem kurzen Gespräch, das vorhin so abrupt geendet hatte, im Gefühl. Die Pflegerin wirkte zwar betroffen, aber sie verheimlichte etwas. Nur was war es?

Während er an die eine Frau dachte, kreuzte eine andere seinen Weg. Marie-Theres trug ihre blonden Locken heute als langen Zopf, der unter ihrer schwarzen Sargträger-Kappe über ihren Rücken hing. Mit ihren strahlend blauen Augen sah ihn die großgewachsene Frau an und riss ihn aus seinen Gedanken. »Wie war denn nun dein Gespräch mit unserer Leichenchauffeurin? Hast du was herausgefunden?«

»Anderes Thema bitte«, antwortete Toth zerknirscht.

»Was ist passiert? Sag nicht, es gibt eine Frau, die deinem Charme widerstehen kann. Und außerdem: Weißt du schon was Neues über unser Lieblingsweihnachtslied? Hat dieser Walter Malatesta vielleicht etwas mit unserem Walter Pointner zu tun?«

»Gut, dass du mich erinnerst. Dem muss ich noch nachgehen. Und vom Gespräch mit Frau Dumitru erzähl ich dir später. Ich muss gleich zu einer Trauerfeier in der Halle 1«, sagte Toth und deutete auf den Eingang des imposanten, weißen Gebäudes, vor dem die beiden standen. »Da muss ich pünktlich sein. Die Hansen wartet nur auf meinen nächsten Fehler.«

Marie-Theres war hörbar enttäuscht.

»Hey. So geht das nicht, Toth. Ich rede da um mein Leben, damit mir der Kollege die Geschichte mit dem kaputten Versenkungsapparat glaubt, und du speist mich ohne jede Info ab?«

Von der verschwundenen roten Katze wollte Toth ihr auch noch nichts erzählen. Er wollte selbst noch nachdenken, was es damit auf sich haben könnte. Er spürte aber, dass er die quirlige Sargträgerin nicht einfach so stehen lassen konnte, und holte sein Smartphone aus der Tasche seines Talars. »Ich habe wirklich was herausgefunden«, sagte Toth und öffnete ein Fotoalbum auf seinem Handy.

Marie-Theres stellte sich neben ihn, um mehr auf dem in der Sonne spiegelnden Display erkennen zu können. »Ich habe nach meinem jüngsten Besuch bei Pointners Haus einen Bekannten bei Gericht um einen Grundbuchauszug des Gebäudes gebeten«, sagte Toth. Er hielt seine Hand gegen die Sonne, damit er und Marie-Theres, die mittlerweile ganz nah bei ihm stand, das Dokument lesen konnten. »FSP Immobilien GmbH«, las Marie-Theres halblaut vor. »Kennst du die?«

»Nein, habe ich noch nie gehört«, sagte Toth. »Aber weißt du, was interessant ist? Dieser FSP Immobilien GmbH gehört nicht nur das Haus, in dem Walter Pointner gelebt hat, sondern auch die beiden Altbauten rechts und links davon und auch die aufgelassene Tankstelle in derselben Straße.«

»Und was heißt das jetzt?«, fragte Marie-Theres.

»Wir haben in unserer Sendung früher oft über solche Fälle berichtet. Das sind Firmen, die Häuser aufkaufen und dafür sorgen, dass alle Mieter ausziehen, um dort teure Luxuswohnungen zu errichten«, erklärte Toth.

»Das heißt, Walter Pointner war für die ein Problem«, stellte Marie-Theres fest.

»So sieht es aus«, sagte Toth. »Wem auch immer diese Firma gehört, die hatten Interesse daran, dass Walter Pointner dort auszieht. Und zwar tot oder lebendig.«

Als er kurz darauf die Trauerhalle betrat, hatte er auf einmal Heißhunger auf ein Punschkrapferl.

Mittwoch, 15.23 Uhr

Sie umklammerte die beiden Armlehnen so fest, dass die bläulich lila Adern auf ihren Handrücken noch stärker hervortraten, als sie es ohnehin schon taten.

Die schwarz gekleidete Witwe wollte sich nicht von Toth aus dem Rollstuhl helfen lassen. Es sei ihr letzter Liebesbeweis an ihren Mann, der nach siebzig Ehejahren nun waagrecht vor ihr in einem Eichensarg lag. Toth konnte nur tatenlos zusehen, wie die über neunzigjährige Frau sich in der Aufbahrungshalle mit aller Kraft hochstemmte, sich über den offenen Sarg beugte, vorsichtig über das Gesicht ihres Mannes streichelte und ihm einen letzten Kuss auf die Stirn gab. Toth war der einzige Zuschauer dieses berührenden Abschieds im totenstillen Saal. Auch wenn er nicht nah am Wasser gebaut war, spürte er, wie diese Szene sogar seine Augen feucht werden ließ.

Das Ganze erinnerte ihn ein wenig an das tragische Ende des Kino-Blockbusters Titanic, wo sich Rose von ihrer großen Liebe Jack verabschiedete, im Wissen, ihn nie mehr wiederzusehen. Nur war es hier die Aufbahrungshalle statt des Atlantiks. Mit einem lauten Seufzer aus Trauer und Anstrengung ließ sich die Frau wieder in ihren Rollstuhl zurückfallen, schnäuzte sich lautstark in ein hellblaues Stofftaschentuch und nahm mit dem trompetenhaften Geräusch der Situation etwas an Schwere.

Puh. Das ging ans Eingemachte. Noch nie in seinen vier Monaten bei der Bestattung war Toth eine Trauerfeier derart nah gegangen. Diese Trauer, die er in den alten, müden Augen der Frau gesehen hatte. Diese große Liebe, die auch nach siebzig Jahren noch da war, obwohl eine Hälfte des Paares sie nicht mehr erwidern konnte. Und dann der Abschied. Für immer. Unwiderruflich. Wie lang die Witwe wohl noch allein weiterleben würde?

Gedankenverloren packte Toth zum letzten Mal für heute seine Bestatterutensilien in seinen schwarzen Trolley und überlegte, ob es in seinem Leben wohl auch einmal jemanden geben würde, der so um ihn trauern würde wie diese alte Frau im Rollstuhl um ihren Mann.

Toth kam nicht dazu, die Liste möglicher Kandidatinnen und Kandidaten durchzugehen, denn auf einmal durchbrach eine schrille Stimme die andächtige Ruhe. »Toth, in fünf Minuten in meinem Büro«, herrschte ihn seine Chefin Bärbel Hansen an. Er hatte nicht bemerkt, dass sie eingetreten war. Ehe er antworten konnte, war der Stöckelschuh-Feldwebel schon wieder abmarschiert. Das hatte ihm gerade noch gefehlt. Eigentlich wollte er jetzt noch in Ruhe die letzte Trauerfeier sacken lassen und dann alle Infos in der Pointner-Sache durchgehen. Dieser Hansen-Termin passte ihm so gar nicht in den Kram. Nach ihrem Auftritt zu Mittag konnte er sich ohnehin vorstellen, was sie von ihm wollte.

»Sie wissen, warum ich Sie sprechen will?«, fragte Hansen, die hinter ihrem hochgefahrenen, höhenverstellbaren Schreibtisch stand, als Toth ihr Büro betrat.

»Ich kann es mir vorstellen«, antwortete Toth, der zum ersten Mal in dem steril eingerichteten Raum ohne ein einziges Bild an den Wänden war.

»So geht es nicht weiter, Herr Toth. Ich war ja von Anfang an skeptisch, einen Journalisten hier anzustellen. Das mit der Diskretion ist ja nicht so die Paradedisziplin Ihrer Berufsgattung«, meckerte Hansen mit ihrem norddeutschen Akzent.

»Ich bin kein Journalist mehr, Frau Hansen. Das ist der Grund, warum ich hier bin. Ich habe mit meinem alten Leben abgeschlossen«, versicherte Toth, der in Ermangelung eines Stuhls noch immer vor Hansens Schreibtisch stand.

»Ich hoffe, Sie waren ein besserer Journalist als Bestatter. Zuerst spielen Sie die falsche Musik ab und versetzen der Trauergemeinschaft einen Schock, und dann bedrängen Sie eine trauernde Frau mit indiskreten Fragen. Was soll das?«

Eine wirkliche Antwort erwartete die Mittfünfzigerin, die früher Personalchefin bei einem großen Wurstfabrikanten war, anscheinend nicht, denn sie fuhr fast ohne Luft zu holen fort. »Das hier ist Ihre erste Verwarnung. Und ich sag es gleich dazu: Es ist auch die Letzte. Ein Zwischenfall noch, und Sie sind raus, Toth. Verstanden?«

»Verstanden, Chefin«, sagte Toth knapp und blickte dabei auf den einzigen Gegenstand, der auf Hansens Schreibtisch stand. Es war der Nachbau eines historischen Hamburger Dampfschiffs in Miniaturform, auf dessen Bug »Gegenwind formt den Charakter« stand. »Schönen Abend noch«, sagte er.

»Also bei mir ist noch Nachmittag«, antwortete sie. »Und schließen Sie bitte die Tür.«

Dank seines wenig romantischen Rendezvous' mit Hansen war Toth der letzte Bestatter des Tages in der Garderobe im Keller. Er hängte seinen Talar und seine Kappe feinsäuberlich in den Spind und zog sich um. Für einen Moment genoss er die ungewöhnliche Ruhe hier unten, wo normalerweise Kollegen plauderten, sich über Ehefrauen und die anderen im Team ausließen und mit ihren neuen Autos prahlten. Toth ließ den Tag noch einmal Revue passieren.

Die Standpauke von Hansen. Die trauernde Rollstuhlwitwe. Die aufgeregte Marie-Theres. Was wollte sie nochmal? Mit dem Bild seiner hübschen Kollegin vor Augen erinnerte er sich, was er nachsehen wollte.

Er setzte sich auf die Bank, die sich über die gesamte Länge der Spinde erstreckte. Er gab in seinem Handy »Malatesta Wien« ein und durchforstete die ersten der 1,4 Millionen Ergebnisse, die das Programm in 0,43 Sekunden ausgespuckt hatte.

Egal, auf welchen Link er klickte, fast überall starrte ihn ein älterer Herr mit Vollbart an. Ein gewisser Adeodato Malatesta. Ein berühmter italienischer Maler, dessen Werke auch in Wiener Museen ausgestellt waren. Als Informant über einen Walter Malatesta, den Texter jenes Weihnachtsliedes, konnte er allerdings nicht dienen. Er war tot. Seit mehr als 130 Jahren. Doch da war noch einer. Ein anderer Malatesta. Matteo Malatesta oder »Party-Matti« wie er sich auf seiner Homepage nannte.

Toth scrollte sich durch die Seite, die voll mit nackten männlichen Oberkörpern war. Party-Matti war offen-

95

bar Partyfotograf und das hauptsächlich in der Schwulenszene. Unter dem Button Termine waren zahlreiche stadtbekannte Gay-Clubs aufgelistet, für die Matteo Malatesta arbeitete.

Toth klickte auf einen pinken Stern mit der Aufschrift »Über mich«.

Binnen des Bruchteils einer Sekunde lächelte ihn ein schwarzhaariger Mann mit akkurat gestutztem Dreitagebart an. Anfang, Mitte fünfzig. Leicht übergewichtig, aber gutaussehend. Auf Toth wirkte er zumindest auf dem Foto etwas müde. Wohl eine Berufskrankheit als Partyfotograf.

»Die beste Party endet irgendwann. Meine Fotos bleiben für die Ewigkeit. Ruf mich an«, stand in lila Buchstaben unter seinem Porträt, daneben eine Telefonnummer. Wusste dieser Mann etwas über Walter Malatesta, den Texter des spanischen Weihnachtshits?

Es läutete. Einmal. Zweimal. Dreimal. Toth wollte schon auflegen, da hörte er eine für einen Mann eher hohe Stimme. »Matteo hier, Hallo.«

»Guten Abend. Ich weiß nicht, ob ich bei Ihnen richtig bin, aber kennen Sie vielleicht einen Walter Malatesta?«, fragte Toth in seiner gewohnt angenehm ruhigen Art.

Stille.

»Hallo, Herr Malatesta?«, fragte Toth noch einmal nach, doch da war die Leitung bereits unterbrochen. Party-Matti hatte aufgelegt.

Mittwoch, 19.54 Uhr

Er hatte mit den Jahren eine eigene Technik entwickelt, die sich bewährt hatte. Zuerst linke Schulter. Dann linker Oberarm Außenseite. Linker Unterarm Außenseite. Kurze Drehung. Das Ganze auf der Innenseite. Weiter am linken Oberschenkel vorn. Schienbein. Danach die Rückseite. Das Ganze dann auch noch auf der rechten Seite. Bis zu fünfzehn Stück selbstklebender Blätter riss Alexander Toth bei dieser Prozedur von seinem Fusselroller ab, auf denen unzählige von Karla Kolumnas Haaren klebten. Man hätte daraus eine Babykatze formen können.

Toth stand vor dem Ganzkörperspiegel seines Vorzimmerschrankes und begutachtete das Ergebnis seiner Enthaarung. Weder auf seinem schwarzen Poloshirt noch auf den dunkelblauen Jeans konnte er noch Katzenhaare entdecken. So sehr er seinen Stubentiger liebte, so sehr hasste er Katzenhaare auf seiner Kleidung.

»Miau, miau«, ertönte es, während er gerade seine eigenen immer spärlicher werdenden Haare zurechtzupfte. Es war nicht Karla, die sich wie häufig um diese Uhrzeit mit Hunger meldete, sondern sein Handy. »Hallo Marie-Theres. Bist du schon da? Soll ich runterkommen?«, fragte Toth, nachdem er auf das grüne Hörersymbol seines Smartphones getippt hatte. »Ach so. Ja klar kannst du raufkommen, wenn du es bis zum Club nicht mehr aushältst. Bis gleich.«

Marie-Theres und er hatten ein Date. Rein beruflich natürlich. Bei seiner Recherche zu Matteo Malatesta hatte Toth herausgefunden, dass er heute in einem angesagten Schwulenclub unterwegs war. Im »Avocado«. Dort würde heute Abend der »Mister Avocado« des Jahres gekürt werden. Eine Wahl mit viel nackter Haut, für deren Sieger es am Ende eine grüne Krone sowie einen Wochenendtrip nach Köln gab. Eingefangen von Party-Mattis Kamera.

Dass die beiden dort heute Abend hingehen würden, war nach einem fünfminütigen Gespräch, bei dem ausschließlich die Sargträgerin gesprochen hatte, klar gewesen.

Dass seine Kollegin ihn nun nicht wie abgemacht vor der Haustür abholte, sondern für ein kleines Geschäft auch in seine Wohnung kam, war Toth gar nicht recht. Er war nicht darauf vorbereitet.

Er sah sich in seiner kahlen Wohnung um. Was würde die aufgeweckte Kollegin über ihn denken, wenn sie sehen würde, wie spärlich eingerichtet er hier lebte? War ihr Wunsch, noch kurz die Toilette zu benutzen, vielleicht nur ein Vorwand, in Toths Wohnung zu kommen?

Zu spät. Es klingelte. »Hallo Marie-Theres. Du musst in den dritten Stock«, sagte Toth in den Hörer seiner Gegensprechanlage.

Toth schaltete das Ganglicht ein und wartete in seiner dunkelblauen Sicherheitstür. Er war etwas nervös. Als die Lifttür gegenüber aufging, traute er seinen Augen nicht. Die sonst immer schwarz gekleidete Frau sah aus wie ein Hollywoodstar. Statt im Scheinwerferstand sie allerdings im Ganglicht des Ottakringer Neubaus. Ihr silbernes, paillettenbesticktes Kleid glänzte dennoch.

Darüber trug Marie-Theres einen weißen, plüschigen Mantel, auf dem ihre langen, blonden Locken fast unsichtbar waren. Dazu kamen ein roter Lippenstift, dramatisch geschminkte Augen und lackierte Fingernägel. »Okay, wow. Damit hätte ich jetzt nicht gerechnet«, sagte Toth zur Begrüßung. Er konnte seine Überraschung nicht verbergen.

»Wenn ich schon mal mit Mister Toth ausgehe, dann aber richtig«, antwortete die aufgestylte Marie-Theres, die immer noch am Gang stand. »Willst du mich nicht reinlassen? Sonst gibts hier gleich ein Unglück.«

»Ah sorry. Klar. Komm rein. Das WC ist gleich die erste Tür rechts. Verlaufen kann man sich hier aber eh nicht«, antwortete Toth und zeigte seiner Kollegin den Weg zum erlösenden stillen Örtchen.

Marie-Theres huschte an ihm vorbei und hinterließ dank ihres wohl in großen Mengen aufgetragenen Parfüms eine süßliche Duftspur. Toth holte tief Luft und dachte darüber nach, wie lang es her war, dass er mit Ausnahme seiner Mutter weiblichen Besuch in seiner Wohnung empfangen hatte. Selbst Karla Kolumna fühlte sich in ihrer Routine gestört und versteckte sich hinter der grauen Couch.

Plötzlich erschien das Bild seiner großen Liebe vor seinem inneren Auge, und ein schweres, trauriges Gefühl machte sich in ihm breit. Ja, nach ihr war außer seiner Mutter keine Frau mehr hier gewesen. Er versuchte, im

Kopf nachzurechnen, wie viele Jahre das schon her war, als Marie-Theres wieder vor ihm stand.

»Händewaschen kann ich wo?«, fragte sie und gab sich die Antwort gleich selbst. »Aja, ich sehe schon. Hier kann man sich wirklich nicht verlaufen.«

»Willst du einen Schluck trinken?«, fragte Toth, als sie vom Badezimmer zurück war, und öffnete die gähnende Leere namens Kühlschrank. »Viel habe ich allerdings nicht da. Ich habe ehrlich gesagt nicht mit Besuch gerechnet.« Er deutete auf zwei Bierdosen.

»Nix wird getrunken«, sagte Marie-Theres. »Wir müssen nüchtern bleiben. Schließlich ermitteln wir heute Abend.« Sie musterte ihn von oben bis unten. »Apropos. Wir sollten dort möglichst nicht auffallen.«

»Was meinst du?«, fragte Toth, der sich unwohl in der Situation fühlte.

»Wir gehen ins ›Avocado‹, den buntesten und schrillsten Schwulenclub der Stadt. Da fällst du mit gepflegtem Schwarz garantiert auf.«

Sie zupfte am Ärmel seines Poloshirts. »Wo ist dein Kleiderschrank?«

»Mein Kleiderschrank?«

»Ja, dein Kleiderschrank. Ich mach das schon. Zwei Semester Modedesign müssen ja irgendeinen Sinn gehabt haben«, sagte Marie-Theres, legte ihren weißen Mantel auf die Couch und schaute sich suchend um.

»Ich weiß nicht, ob du damit viel Freude haben wirst. In meinem alten Job hat mir die Kostümbildnerin jeden Abend meine Anzüge hergerichtet und bei der Bestattung kann ich zum Glück immer das Gleiche tragen. Aber wenn du meinst ...«

Toth zeigte seiner Kollegin den Weg in sein Schlafzimmer.

Dort öffnete er mit einem Handgriff die weiße Schiebetür des Schranks und stimmte damit wortlos der Modeberatung zu. Er fühlte sich auf einmal wie ein Kandidat einer dieser Umstyling-Shows im Privatfernsehen, wo die Frauen und Männer vorher meist besser ausgesehen hatten als danach. Marie-Theres fackelte nicht lang und kramte sich in die hintersten Ecken. Nach und nach kamen Teile hervor, von denen er nicht einmal gewusst hatte, dass er sie besaß.

»Da haben wir ja schon was Passendes«, sagte seine Aushilfs-Modeberaterin zufrieden und legte das Ergebnis ihrer Bemühungen neben Toth, der seinem Schicksal ergeben am Fußende seines Bettes saß.

Toth betrachtete die Skinny Jeans mit den aufgestickten silbernen Nieten an der Taille und das hautenge rosa Hemd mit den dunkelroten Nähten, die über das ganze Kleidungsstück gestickt waren. »Ist das dein Ernst?«, fragte er und erhielt die Antwort durch einen Blick in die Augen seiner Kollegin. »Das Hemd habe ich mal für eine Bad-Taste-Party gekauft«, sagte er. »Keine Ahnung, warum ich das noch habe. Und wo diese furchtbare Hose her ist, weiß ich auch nicht mehr.«

»Keine Widerrede. Anprobieren«, befahl ihm die Frau im Glitzerkleid, die in dieser Situation eindeutig die Hosen anhatte.

Als Toth die Tür zu seinem Schlafzimmer wieder öffnete und unglücklich aus der neuen alten Wäsche schaute, erfüllte ein lauter Freudenschrei die Zweizimmerwohnung im dritten Stock. »Du schaust suuuuuuper aus, Toth. Perfekt. So fallen wir dort bestimmt nicht auf.«

»Wenn du das sagst. Dann sollten wir aber langsam los. Wir wollen die Wahl zum Mister Avocado ja nicht verpassen«, scherzte Toth und war froh, dass er beim Umstyling keinen Widerstand geleistet hatte.

Denn so glücklich hatte er Marie-Theres noch nie gesehen. Das gefiel ihm.

»Eine Kleinigkeit noch«, sagte die Sargträgerin und zupfte ihm ein schwarzes Katzenhaar vom rosa Hemdkragen. »Jetzt können wir los.«

Mittwoch, 21.41 Uhr

Er hatte beide Hände zu Fäusten geballt und sie in die Taschen seiner abgewetzten Lederjacke gesteckt, um sie zu wärmen. In der Rechten spürte Toth einen weichen Gegenstand. Aus dem Augenwinkel lugte er an sich hinunter und zog ein Stück davon heraus. Ah. Eine FFP-2-Maske. Jetzt wusste er ungefähr, wann er die Jacke, die Marie-Theres für ihn ausgesucht hatte, zuletzt angehabt hatte. War gar nicht so lang her gewesen.

Ohne die wärmende Herbstsonne war es mittlerweile ausgesprochen kühl. Toth und Marie-Theres standen seit gut zwanzig Minuten in der Warteschlange vor dem »Avocado«. Es lag mitten in der historischen Altstadt von Wien, in einer kleinen Seitengasse des berühmten Graben, einem der Prachtboulevards der Stadt.

Vor dem Eingang war ein gut dreißig Meter langer, gold-glänzender Teppich ausgerollt, eingegrenzt von roten Kordeln, die von ebenfalls goldenen Metallständern gehalten wurden.

Toth und seine Kollegin waren mittlerweile im Mittelfeld der wartenden Partymeute angekommen, da tippte ihm jemand auf die Schulter. »Habt ihr vielleicht Feuer?«, fragte ein junger Mann und deutete auf eine Zigarettenpackung. Toth mühte sich ein wenig ab, um aus der engen Jeanshose das Feuerzeug zu holen, doch schließlich gelang es ihm. Ritsch. Mit einer gekonnten Daumenbewegung erzeugte er eine Flamme und hielt sie dem Raucher vor den Mund, in dem schon eine Zigarette steckte.

»Danke, sehr lieb«, sagte der Partygast, nachdem er einen Zug genommen hatte und Toth dabei eine Sekunde länger anschaute, als Männer es normalerweise taten.

»Gern geschehen. Sichert unseren Arbeitsplatz«, antwortete Toth und steckte das schwarze Bestattungsfeuerzeug wieder ein.

Den fragenden Blick des jungen Mannes merkte Toth gar nicht, als er und Marie-Theres sich wieder dem hellgrün beleuchteten Eingang zuwandten, dem sie langsam immer näher kamen.

»Warum hast du ein Feuerzeug dabei? Rauchst du wieder?«, fragte Marie-Theres mit einer Mischung aus Strenge und Besorgnis in der Stimme.

»Keine Sorge. Alte Journalisten-Gewohnheit. Es braucht immer jemand Feuer. Manchmal kommt man so ins Gespräch. Hat sich schon oft bewährt«, antwortete Toth.

Nach weiteren zwanzig Minuten waren sie dem Ende des Wartens nah. Nachdem die beiden gutaussehenden Mittzwanziger vor ihnen vom Türsteher ein goldenes Plastikband ums Handgelenk gebunden bekamen und ins Innere des Clubs, aus dem laute House-Musik dröhnte, verschwanden, waren Toth und Marie-Theres dran.

»Eure Namen?«, fragte der Türsteher mit tiefer Stimme, die zu seinem bulligen Aussehen passte.

»Wieso brauchst du denn die?«, fragte Marie-Theres hörbar genervt.

»Sorry Leute, heute nur mit Gästeliste«, antwortete der muskulöse Glatzkopf, der deutlich älter zu sein schien als die meisten der Gäste.

104

»Das gibt's ja nicht. Wir haben sooooo lang gewartet. Kannst du nicht für uns eine Ausnahme machen?«, versuchte es Marie-Theres und zeigte ihren berühmt-berüchtigten Augenaufschlag.

Toth war innerlich schon bereit, wieder zu gehen. Er war ohnehin kein Partytiger und an Matteo würden sie auch irgendwie anders herankommen.

»Moment mal. Bist du nicht der aus dem Fernsehen?«, fragte der Türsteher, dessen Laune sich mit diesem Satz sichtbar verbesserte.

»Ich habe mal beim Fernsehen gearbeitet«, versuchte Toth tiefzustapeln.

»Ja das ist er. Darf ich vorstellen: Alexander Toth. Moderator und mehrfach preisgekrönter Journalist«, sagte Marie-Theres so laut, dass es auch die wartenden Gäste drei Reihen weiter hinten hören mussten.

»Das gibt's ja nicht. Warum sagt ihr das nicht gleich? Klar könnt ihr rein. Ich bin ein großer Fan von dir«, schwärmte der Muskelmann, riss zwei der begehrten, goldenen Bänder ab und legte sie Toth und Marie-Theres um. »Viel Spaß euch beiden. Und nichts davon im Fernsehen bringen, gell?«

»Geht klar. Danke dir«, antwortete Toth, hielt Marie-Theres die Tür auf und ging nach ihr ins »Avocado«. Nachdem die beiden ihre Jacken an der Garderobe abgegeben hatten, für fünf Euro pro Person, wurden sie von der Atmosphäre regelrecht verschluckt. Der Bass der Musik vibrierte in Toths Brust. Die schnellblinkenden, bunten Scheinwerfer gaben immer nur für ein paar Hundertstel einer Sekunde den Blick auf die feiernde Meute frei, die ansonsten im Dunkeln versank.

Soweit Toth das erkennen konnte, lag der Altersdurchschnitt im »Avocado« bei etwa 22 Jahren. Der Körperfettanteil der fast ausschließlich männlichen Besucher lag eindeutig unter dem Durchschnittswert.

Durchtrainierte, verschwitzte Körper bewegten sich teils eng aneinander zum Beat, der aus der topmodernen Musikanlage kam.

»Ich glaube, der Türsteher steht ein bisschen auf dich«, sagte Marie-Theres, als sie Toth einen Drink von einer der drei Bars reichte.

Toth tat so, als würde er sie wegen der lauten Musik nicht verstehen, hielt seine Hand an ihr Ohr und sagte, einen Mittelweg zwischen maximaler Lautstärke und Schonung für ihr Trommelfell suchend: »Wir müssen Matteo finden!«

Bei den vielen blinkenden Lichtern war es unmöglich, die Blitze eines Fotoapparats auszumachen. Sie mussten sich aufteilen. »Du übernimmst den linken Teil, ich den rechten. In zwanzig Minuten treffen wir uns wieder hier an der Bar«, sagte Toth und verdeutlichte seinen Plan mit seinen Händen.

Entweder Marie-Theres hatte Ohren wie ein Luchs oder sie hatte auf ihrer beruflichen Sinnsuche auch einen Lippenleserkurs besucht. Sie verstand jedenfalls, was Toth von ihr wollte, und die Wege der beiden trennten sich.

Als sich Toth durch die verschwitzten Körper drängte, um nach Matteo Malatesta Ausschau zu halten, merkte er, wie lang er schon in keiner Disco mehr gewesen war. Es war ihm nicht abgegangen. Das war ihm schon klar gewesen, bevor ein halbes Glas Vodka-Bull aus der Hand eines Partygastes versehentlich auf seinem rosa Hemd landete.

Wo war nur die Ruhe, nach der er sich so gesehnt hatte? Geregelte Arbeitszeiten. Nie wieder Spätschicht. Prioritäten, die in seinem Leben wieder viel zu sehr in den Hintergrund getreten waren.

Da war er. Toth verglich das Foto auf seinem Smartphone mit dem Mann, den er nun zehn Meter vor sich in Aktion sah. Ja, er war es. Hinter einer diesmal grünen Kordel, vor der ein Schild mit dem Hinweis »Wahlarena« stand, war Matteo Malatesta gerade bei der Arbeit. Offenbar fotografierte er die Kandidaten für die »Mister-Avocado-Wahl«, die sich ihre nackten, gestählten Oberkörper mit irgendetwas eingecremt haben dürften. Sie waren im wörtlichen Sinn glänzende Erscheinungen.

Matteo Malatesta warf sich sichtlich ins Zeug und fuchtelte wild mit seinen Händen, um seinen attraktiven Fotomotiven diverse Posen vorzugeben. Er sah älter aus als auf dem Foto im Netz. Und etwas dicker, dachte sich Toth, als er ihn von oben bis unten musterte. Er trug eine schwarze Lederhose und ein golden schillerndes, etwas zu enges Hemd. Oben zeigten sich seine schwarzen Brusthaare, in denen sich ein stattlicher, goldener Engel am Ende einer Halskette eingenistet hatte.

Als wären Toths Wünsche nach Ruhe erhört worden, stoppte von einem auf den anderen Moment die Musik.

107

Der Tanzlaune der Partygäste schien die Stille keinen Abbruch zu tun, weiterhin bewegten sie ihre Körper zu einem Takt, der nur noch in ihren Köpfen existierte. »Hier spricht euer DJ Green. Ich hoffe, es geht euch guuuut?«, tönte es aus den Lautsprechern, quittiert von einem lauten Grölen mit Applaus.

»Ich weiß, Weihachten ist erst in zwei Monaten. Aber man kann ja nie früh genug in Stimmung kommen. Außerdem gibt es etwas zu feiern. Ihr kennt ihn alle. Unser Fotograf Matteo hat sich für einen speziellen Tag heute ein Weihnachtslied gewünscht, das ihr wahrscheinlich noch nie gehört habt. In Spanien und halb Südamerika ist es ein Megahit, für euch neu abgemixt. Hier ist ›Mi mayor Regalo‹«, schrie DJ Green in sein Mikro und der laute Beat begann wieder aus den Boxen zu wummern.

Toth traute seinen Ohren nicht. Und auch nicht seinen Augen. Überhaupt glaubte er, im falschen Film zu sein. Während die jubelnde, schwitzende Masse sich wieder in Bewegung setzte, um weiterzufeiern, stand er wie angewurzelt da. Es folgte tatsächlich jenes Lied, von dem er bis vor ein paar Tagen noch nie etwas gehört hatte und das ihn jetzt seit Tagen verfolgte.

Und Matteo? Hatte er Geburtstag?

Das hätte der DJ wohl gesagt. Warum spielte er dann ausgerechnet dieses Lied? Toth beobachtete Matteo. Er hatte mittlerweile ein Glas Champagner in der Hand, aber er wirkte eher nachdenklich als überdreht wie eben noch.

»Mi mayor Regalo, oh oh oh oh ohhhhh«, sang mittlerweile der halbe Club lautstark mit, als schon wieder jemand Toth auf die Schulter tippte, diesmal etwas zärtlicher. Es war Marie-Theres. »Wo warst du? Wir haben gesagt in zwanzig Minuten an der Bar«, sagte sie und schaute ihn fragend an. »Und warum spielen die diesen spanischen Weihnachtshit jetzt auch hier, und das am 25. Oktober?«

Toth stand noch immer wie angewurzelt da.

Er antwortete nicht auf ihre Fragen, sondern sagte nur: »Ich glaub, ich weiß jetzt, warum Walter Pointner ein riesiger Weihnachtsfan war.«

Schon komisch. Am Ende sind es nur noch die Würmer, die ganz nah an dich herandürfen und dich lieben, während du über der Erde langsam in Vergessenheit gerätst. Aus den Augen, aus dem Sinn. Was solls. Immerhin geht es uns allen gleich.

Tiere waren mir in den vergangenen Jahren ohnehin die Liebsten. Hunde, Katzen, Hamster. Diese bedingungslose Zuneigung, ohne etwas dafür zu wollen. Diese Treue. Diese Liebe in ihren Augen. Es hat mein Herz erwärmt. Für sie hätte ich mein letztes Hemd gegeben. Auch meinen Pyjama, den ich noch immer trage.

Bei den Menschen in meinem Leben habe ich derartige selbstlose Liebe selten erlebt. Das gilt auch für meine Familie. Aber es gab sie. Und sie war mein größtes Glück.

Donnerstag, 9.11 Uhr

Zum Glück waren die dunkelroten Flecken auf seiner Arbeitshose auch im grellen Licht des Pausenraums kaum zu sehen. Toth hätte sich sonst gleich nach seiner ersten Trauerfeier des Tages wieder umziehen müssen, wozu er energiemäßig noch nicht in der Lage gewesen wäre. Auch die herzhafte, aber kalte Leberkässemmel, aus der das Ketchup nur so herausquoll und gerade eben auf seinen Oberschenkel getropft war, konnte ihn nicht aufrichten. Eine Witwe hatte ihrem verstorbenen Fleischermeister-Ehemann sein Lieblingsgericht mit ins Grab gelegt. Damit sich nicht nur die Würmer freuten, hatte sie für die Mitarbeiter der Bestattung dreißig Stück mitgebracht, die einer von Toths Kollegen zum Frühstück verteilt hatte. Mahlzeit.

Toth war hundemüde. Er hatte zwar keinen Tropfen Alkohol getrunken, zumindest fast keinen. Doch er und Marie-Theres hatten sich nach ihrem Recherche-Clubbesuch in der Innenstadt noch stundenlang am berühmten Würstelstand vor dem Albertina Museum, bei dem sich bei ihren Wien-Besuchen auch Hollywoodstars labten, über Matteo Malatesta, die Bestattung Wien, den Zentralfriedhof, den öffentlich-rechtlichen Rundfunk, Yoga und alles mögliche andere unterhalten. Bis drei Uhr früh. Die gerade noch aufgestylte Femme fatale saß ihm nun gegenüber, so bleich wie die Kunden, die sie normalerweise in ihren Särgen schulterte. Ihre Augenringe waren ähnlich dunkel wie der Talar, gegen den sie ihr silbernes Glitzerkleid getauscht hatte. »Nie wieder geh ich so lang aus. Du bist schuld«, sagte Marie-Theres in leidendem Ton.

»Schon genug vom Ermittlerleben?«, fragte Toth.

Sie gab sich offensichtlich einen Ruck. »Niemals«, antwortete sie so energisch wie möglich. »Apropos. Damit wir nicht auch noch in einem Diebstahl ermitteln müssen, habe ich die hier in Sicherheit gebracht.« Stolz holte sie einen dunkelblauen Plastiksack unter dem Tisch hervor. Toth sah zu, wie Marie-Theres etwas unter lautem Rascheln von mehreren Lagen Zeitungspapier befreite.

»Du hast sie genommen? Bis du verrückt geworden?«, rief Toth, als er erkannte, was Marie-Theres da auspackte.

»Was heißt verrückt? Ich musste die doch in Sicherheit bringen, wenn sie 50.000 Euro wert ist. Die Grabbesitzer wissen das vielleicht gar nicht. Die glauben wahrscheinlich so wie ich, dass das eine geschmacklose, billige Antiquität ist.« Marie-Theres klang beleidigt.

»Ach, jetzt kapier ich es. Du glaubst, diese hässliche, rote Katzenfigur ist 50.000 Euro wert?«

»Hast du doch herausgefunden. Oder haben wir uns geirrt, Herr Journalist?«

»Das stimmt schon. Wer so eine Figur haben will, muss 50.000 Euro zahlen. Als Spende. Ans Tierheim. Diese roten Katzen sind quasi Pokale«, erklärte Toth und erntete einen staunenden Blick seiner Kollegin.

»Das heißt …«

Toth schluckte den letzten Bissen seiner Leberkässemmel herunter. »Das heißt, dass Walter Pointner insgesamt

150.000 Euro ans Tierheim gespendet hat. Und zwar genau an jenes, in dem wir beide vor Kurzem waren.«

Toth nahm die Katzentrophäe, drehte sie um und zeigte Marie-Theres den Stempel des Tierheims auf deren Boden. Sie machte große Augen.

»Die Frau, von deren Grab du dieses Ding mitgenommen hast, hat ihr gesamtes Vermögen gespendet.«

»Nicht dein Ernst?«, staunte Marie-Theres und wickelte die Porzellanfigur wieder in das Zeitungspapier.

»Doch. Alles ans Tierheim. Rund 75.000 Euro«, sagte Toth.

»Warum hast du mir das nicht gleich gesagt?«

»Ich wollte der Sache zuerst nachgehen, und dann habe ich nicht mehr daran gedacht.«

»Das machst du absichtlich, oder?«

Toth sah auf die alte Plastikuhr an der vergilbten Wand und dann auf die leeren Stühle im Raum. Sie waren allein. »Zehn Minuten haben wir noch, dann muss ich zur nächsten Trauerfeier«, sagte er. »Lass uns zusammenfassen, was wir bis jetzt haben.«

»Geht doch«, sagte Marie-Theres. »Jetzt klingst du wie ein echter Ermittler.« Trotz ihres Schlafmangels wirkte sie auf einmal putzmunter.

»Walter Pointner war reich. Er hat unter seinem Künstlernamen Walter Malatesta einen Text für ein Lied geschrieben, das in der spanischen Übersetzung seit Jahrzehnten in einem Teil der Welt rauf- und runtergespielt wird«, resümierte Toth.

»Nur bei uns nicht.«

»Wir verstehen halt kein Spanisch. Oder eben nur Spanisch«, scherzte Toth. »Jedenfalls hat er damit richtig viel Geld gemacht. Ich habe bei einer Rechteverwertung nachgefragt, die Tantiemen für Liedtexte abrechnet. Da geht es in so einem Fall um Millionen.«

»Das heißt unser alter Mann im Rollstuhl war ein tierlieber Millionär.«

»Ganz richtig, Kollegin«, stimmte ihr Toth zu und merkte, wie sich ihre Mundwinkel plötzlich nach oben zogen. »Ein tierlieber Millionär, dessen Weihnachtstext von Wels aus vermarktet wurde, da sitzt nämlich sein Plattenlabel.«

»Aaaahhh …« Marie-Theres verstand.

»Und wir haben einen Mann, der tatsächlich Malatesta heißt und wenige Tage nach dem Tod von unserem Walter zu diesem Lied abfeiert«, setzte Toth fort.

»Genau, aber warum nur?«

»Ist dir an ihm gar nichts aufgefallen?«, fragte Toth.

»Außer, dass er der geschmacklosest angezogene Mann ist, den ich je gesehen habe? Nein, dir?«

Toth drückte auf dem Display seines Smartphones herum und wischte nach rechts und nach links, bis er da war, wo er hinwollte. Dann drehte er den Bildschirm zu Marie-Theres und fragte: »Fällt dir jetzt noch immer nichts auf?«

»Oh mein Gott. Ist ja arg. Wie aus dem Gesicht geschnitten«, sagte Marie-Theres hörbar verblüfft.Toth und Marie-Theres betrachteten das Foto von dem Ölschinken in Walter Pointners Wohnung sekundenlang. »Matteo

114

Malatesta muss der Sohn dieser Frau sein. Wir müssen herausfinden, wer sie ist oder war«, sagte Toth und steckte sein Smartphone wieder in die Talartasche. »Außerdem will ich wissen, wieso Walter Pointner noch immer so an diesem Lied hing.«

»Naja, wenn mir ein Lied mehrere Millionen Euro brächte, würde ich auch daran hängen«, sagte Marie-Theres.

»Aber würdest du es dir ständig anhören? Dafür muss es einen anderen Grund geben«, sagte Toth. Er versuchte, den Ketchup-Fleck auf seiner Hose mit feuchtem Daumen wegzuwischen. Vergeblich.

Donnerstag, 10.45 Uhr

Vor dem historischen Tor 2 mit seinen mächtigen, rein-weißen Obelisken wirkte die rot-weiß lackierte Straßen-bahn noch moderner, als sie ohnehin schon war. Seit kur-zem fuhr das neueste Modell der Stadt auch auf der Linie 71 direkt zum Zentralfriedhof, auf jener Linie, der die Wie-ner Redewendung »den 71er nehmen« als Synonym für »das Zeitliche segnen« ihre Existenz verdankte. Die Bim glitt so leise über die Schienen, dass Toth sie kaum hörte, als er die Simmeringer Hauptstraße überqueren wollte, um vom Verwaltungsgebäude zum Friedhof zu gelangen. Es wirkte fast so, als würden die Wiener Verkehrsbetriebe die Toten nicht mit Verkehrslärm stören wollen.

Der Parkplatz vor dem Friedhofseingang war so gut wie leer. Es war die Ruhe vor dem Sturm. Denn in we-nigen Tagen würde es sich hier wie jedes Jahr abspielen. Nicht ohne Grund schrieb der Künstler André Heller ein-mal so treffend: »Zwischen Allerheiligen und Allerseelen liegt Wien.«

Lediglich ein Taxi stand direkt an der Friedhofsmauer. Dessen Lenker lehnte an der offenen Fahrertür, ließ sich die warme Herbstsonne ins Gesicht scheinen und rauch-te eine Zigarette. Irgendwoher kannte Toth diesen Mann. Er musterte ihn unauffällig, um ihn mit den in seinem Gedächtnis abgespeicherten Bildern abzugleichen. Doch noch bevor seine Festplatte im Oberstübchen ein Ergeb-nis ausspucken konnte, riss ihn eine weibliche Stimme aus den Gedanken.

»Na Toth? Hast du dich verlaufen, oder warum stehst du da wie angewurzelt in der Gegend herum?«, fragte Meter, die gerade einige der Gestecke aus Tannenzweigen und Blumen auf ihrem Stand geraderückte.

»Hallo Martha, ähm Meter. Ich habe nur ein wenig die Ruhe genossen, bevor es hier nächste Woche wieder rundgeht«, rechtfertigte sich Toth und ging die paar Schritte auf die kleinwüchsige Blumenhändlerin zu.

»Pah. Ruhe. Die habe ich schon seit Wochen nicht mehr«, sagte Meter und deutete auf ihren Arbeitstisch, auf dem unzählige Schleifen und Blumen lagen. »Als ob sich die Toten nur zu Allerheiligen über Aufmerksamkeit freuen würden.«

»Hast du eh kein Spatzi dabei dieses Jahr?«, fragte Toth mit ironischem Unterton.

»Pass auf, mein Lieber, sonst fliegt dir gleich ein Trauerkranz um die Ohren«, antwortete die resolute Floristin.

Toth spielte mit seiner Frage auf einen Running Gag am Zentralfriedhof an. Vor vielen Jahren hatte Meter einen Kranz in Herzform aus mehr als hundert roten Rosen für das Begräbnis eines berühmten Physikers gestaltet. Die Witwe des Mannes hatte für den Spruch auf der zartrosa Schleife Worte gewählt, die bei den Trauergästen für kaum unterdrückbare Erheiterung gesorgt hatten. Auf der einen Seite der Schleife stand »Es war viel zu kurz«, auf der anderen: »Dein Spatzi«. So hatte der Verstorbene seine Liebste zu Lebzeiten immer genannt.

117

»Apropos. Was macht denn dein Spatzi?«, fragte die schlagfertige Frau, deren Unterarme offenbar von Rosendornen ganz zerkratzt waren.

»Welches Spatzi?«, fragte Toth ehrlich verwundert.

»Geh komm, Toth. Der halbe Friedhof redet schon über euch. Also die lebende Hälfte. Es sieht doch ein Blinder, dass da was läuft zwischen dir und Marie-Theres.«

Toth merkte, wie das Blut in seinen Kopf stieg. »Da läuft gar nix«, antwortete er so sachlich wie möglich. »Marie-Theres ist einfach eine nette Kollegin. Nicht mehr und nicht weniger. Das kannst du gern dem halben Friedhof ausrichten.«

»Ich bin zwar klein, aber nicht blind. Aber wie du meinst«, antwortete Meter und wandte sich wieder den Bergen an Blumen zu, die auf ihrem Arbeitstisch lagen. Toth wollte schon gehen, als sein Blick auf eine knallbunte Madonnenstatue fiel, deren Heiligenschein abwechselnd rot und grün blinkte. Rund zehn Stück davon standen nebeneinander auf einem der Regale in Meters Blumenstand. »Bitte, wer kauft denn so einen kitschigen Schrott?«, fragte Toth. Er nahm eine Mutter Gottes in die Hand und beäugte sie skeptisch.

»Geschmäcker sind verschieden. Es gibt auch ihren Sohnemann, für alle, die lieber Männer haben«, sagte Meter und deutete auf die Jesus-Figuren ein Regal weiter unten. Sie war im Begriff, eine gelbe Schleife mit einem goldenen Stift fertig zu beschriften. »Toth, es war wie immer nett, mit dir zu plaudern, aber ich muss jetzt wirklich weitermachen«, wollte sie das Gespräch beenden.

Als Toth die Buchstaben auf dem Trauerflor las, stockte ihm der Atem. Er las sie noch einmal. Er kannte dieses Kürzel. »In tiefer Trauer, FSP« stand auf der Schleife, die Meter in ihren rauen Händen hielt.

»Wer hat denn diese Schleife in Auftrag gegeben? War das eine Firma?«, fragte Toth.

»Die ist für den Toten im Rollstuhl. Du weißt schon, der, den sie euch vor die Tür geführt haben.« Meter genoss es trotz ihres Zeitdrucks offensichtlich, ihm als ehemaligen Journalisten Neuigkeiten zu präsentieren. »Den Kranz hat keine Firma bestellt. Der kommt von einer Familie.«

Toth kratzte sich am Kinn und starrte die gelbe Schleife an. Warum war er nicht gleich darauf gekommen? Florian, Stephanie und Paul. FSP. Der Kranz konnte nur von den Kreutzers kommen, von wem sonst?

Der Familie gehörte also die »FSP Immobilien GmbH« und damit nicht nur das Haus, in dem sie wohnten, sondern auch die beiden Nebenhäuser und die aufgelassene Tankstelle. Sie waren es, denen Pointner bei ihrer Immobilienentwicklung im Weg gewesen war. Deshalb hatte der kleine Paul vom Pool am Dach gesprochen. Denn sobald in drei Monaten auch die Hausmeisterin Wybiral ausgezogen sein würde, war der Weg für den Umbau frei.

»Ich weiß, du bist im Stress, Meter«, sagte Toth. »Nur eine kurze Frage noch. War die Familie selbst hier, um die Blumen zu bestellen?«

»Eine junge Frau war hier. Dunkle Haare, slawischer Akzent. Vielleicht ihr Dienstmädchen oder so. Sie hat jedenfalls gesagt, dass sie sich auch um den alten Mann gekümmert hat.«

Gabrijela. Was hatte Gabrijela mit der Familie Kreutzer zu tun? Steckten sie unter einer Decke?

»War's das jetzt, Toth? Warum du das alles wissen willst, frag ich lieber nicht«, sagte Meter und wandte sich erneut ihrer Arbeit zu.

»Danke Meter, du hast mir sehr geholfen«, sagte Toth und machte sich auf den Weg in sein Büro. Er war so in Gedanken versunken, dass ihn um ein Haar eine der neuen leisen Straßenbahnen erwischt hätte. Zum Glück hatte er sie rechtzeitig gesehen, sonst hätte er den 71er im doppelten Wortsinn genommen.

Donnerstag, 11.34 Uhr

Ein kurzes Rascheln, und schon lugte die spitze Nase der braunen Maus aus dem Herbstlaub, bevor das Tier in Windeseile zwischen Toths Beinen hindurchflüchtete und in einem Erdloch verschwand. Der kleine Nager hatte ihn aus dem Konzept gebracht. Denn immer, wenn Toth allein durch die Gräberreihen des Zentralfriedhofes ging, zählte er die Gräber, die zum Auflassen vorgesehen waren. Es war eine Art Tick, den er sich in seinem neuen Job angewöhnt hatte. Die meist maroden, manchmal sogar bereits umgefallenen und mit Efeu überwucherten Grabsteine waren mit einem roten »X« aus Kreide markiert. Grabstellen, für die niemand mehr bezahlte.

War er bei Nummer 26 oder 28 gewesen, als der tierische Friedhofsbewohner seine klobigen Arbeitsschuhe streifte? Toth war sich nicht sicher. Es waren jedenfalls viele. Fast jedes dritte Grab hier stand kurz vor der Auflösung. Teuerung und Inflation machten auch vor dem Tod nicht halt. Sterben war eine teure Angelegenheit und viele entschieden sich mittlerweile für die kostengünstigere Einäscherung. Als angehender Toter hatte man also freie Platzwahl am zweitgrößten Friedhof Europas. Sonnige oder schattige Lage. Direkte Nachbarn oder freie Sicht. West- oder Ostseitig. Toth war kein sonderlich sentimentaler Mensch, aber bei dem Blick auf die vielen freiwerdenden Gräber stellte er sich immer wieder die Sinnfrage:

121

Wofür leben wir eigentlich? Dafür, dass wir nach spätestens zehn Jahren vergessen sind und uns unsere Nachkommen, sofern es überhaupt welche gibt, aus Kostengründen aus dem Grab schmeißen und unsere sterblichen Überreste irgendwo am Komposthaufen landen? Was bleibt von einem Menschen? Was bleibt einmal von mir?

Brrrr. Brrrr. Brrrr. Das tonlose Vibrieren seines Smartphones beendete Toths philosophischen Exkurs. Er fischte das Handy aus seiner Hosentasche und sah die SMS, die er gerade bekommen hatte. Sie war von Marie-Theres. »Habe was entdeckt!! Treffen wir uns bei Halle 3. Jetzt!!! Ist wichtig!! LG MT«

Toth hasste es, wenn jemand in SMS oder Mails übermäßig viele Satzzeichen verwendete. Das hatte ihn schon bei seinem früheren Chef beim Fernsehsender aufgeregt, der keine Nachricht ohne mindestens fünf Frage- oder Rufzeichen schreiben konnte. Bei Marie-Theres sah er darüber hinweg. Er rechnete es ihrer Aufgeregtheit und Euphorie im Fall Pointner zu. Mit einem milden Lächeln im Gesicht tippte Toth in sein Smartphone: »Bin in zehn Minuten da. Bis gleich. Alex«.

Toth sah noch auf die Uhrzeit, bevor er sein Handy wieder in seiner Hosentasche verschwinden ließ. Seinen nächsten Termin hatte er erst um 13 Uhr. Das ging sich aus. Was hatte Marie-Theres wohl entdeckt? Hatte sie möglicherweise auch herausgefunden, dass die Immobilienfirma FSP den Nachbarn von Walter Pointner gehörte?

Toths Neugierde beschleunigte seine Schritte. Er kam vorbei am serbisch-orthodoxen Teil des Friedhofs, der wesentlich fröhlicher und bunter wirkte als der Rest. Hier war fast jedes Grab aufwendig geschmückt. Kein rotes Kreidekreuz weit und breit.

Auf so gut wie allen Gräbern hier waren Plastikblumen in allen möglichen Farben abgelegt, daneben oft Stofftiere und sogar Getränke und Speisen. Vor manchen der auf Hochglanz polierten Grabsteine standen kleine Küchenradios, die leise Musik abspielten.

Viele der Hinterbliebenen glaubten, dass ihre Verstorbenen am Zentralfriedhof weiterlebten. Deshalb brachten sie regelmäßig deren Lieblingsgetränke, meist Energydrinks, oder ihre Lieblingssongs direkt zum Grab.

Davor unterhielten sich Angehörige oft lautstark untereinander und mit den Toten, lachten, weinten und verbrachten so den halben Tag. Diese Szenen musste Wolfgang Ambros, Urgestein unter den Austropoppern, im Kopf gehabt haben, als er im Jahr 1975 seinen zur Hymne gewordenen Hit »Es lebe der Zentralfriedhof« komponiert hatte.

Die Geräuschkulisse wurde leiser, als Toth der langgezogenen Halle 3 immer näherkam. Es war jene Halle, in der täglich die Trauerfeiern vor Sozialbegräbnissen stattfanden. Auch Walter Pointner sollte hier morgen verabschiedet werden. Morgen.

Auf einmal wurde Toth bewusst, dass sie nur noch einen Tag Zeit hatten, um herauszufinden, was mit dem Mann im Rollstuhl, der mittlerweile im Sarg in der Kühlkammer wartete, passiert war. Knapp 24 Stunden. Sie mussten sich also beeilen.

»Hier drüben bin ich!«, rief Marie-Theres, die in ihrer schwarzen Sargträgerinnen-Uniform auf einer Parkbank vor der Halle saß und aufsprang, als sie Toth sah.

Toth spürte ihre Aufregung und merkte ihr die Vorfreude an, in Kürze ihre Entdeckung kundtun zu dürfen. Er würde sie nicht lange warten lassen.

»Was hast du denn herausgefunden?«, fragte Toth. »Muss ja wirklich wichtig sein, wenn du mich in der Mittagspause über den halben Friedhof jagst.«

»Das wirst du gleich sehen, mein Lieber. Komm mit, ich zeig es dir«, sagte Marie-Theres und machte eine einladende Handbewegung.

Knapp zwei Minuten später standen Toth und Marie-Theres vor einem imposanten Bauwerk. Vier weiße Marmorsäulen stützten ein etwas korrodiertes Kupferdach. Drei pausbackige Engel aus Stein umrandeten die ebenfalls weiße Steinplatte des ansehnlichen Mausoleums. Die Platte glänzte in der Sonne so sehr, dass die goldene Inschrift so gut wie unlesbar war.

Toth zuckte mit den Achseln.

»Bist du unter die Friedhofsführerinnen gegangen, oder was machen wir hier?«

»Schau doch mal genau. Der Name müsste dir bekannt vorkommen«, antwortete Marie-Theres und setzte ein breites Grinsen auf.

Toth kniff die Augen zusammen und fokussierte die Inschrift.

Maria Malatesta, 5. Februar 1954 bis 25. Oktober 1994, stand da.

Beim genauen Hinsehen erkannte Toth auch ein verwittertes Bild in einem ovalen Rahmen. Das gibt's doch nicht, dachte er sich. Doch. Sie war es tatsächlich.

»Na da schaust du, gell?«, sagte Marie-Theres mit hörbarem Stolz.

»Das ist die Frau von dem Gemälde in Walter Pointners Wohnung«, sagte Toth erstaunt. »Die, die dem Matteo so ähnlich sieht.«

»So ist es. Ich dachte mir, ich schau mal, ob es eine Malatesta in unserer Friedhofsdatenbank gibt und schwupps hat mir der Computer dieses schöne Mausoleum hier ausgespuckt.«

»Gratuliere, Kollegin. Da haben sich die vielen True-Crime-Podcasts dann doch einmal ausgezahlt«, sagte Toth und war ehrlich stolz auf Marie-Theres.

»Ich habe noch was«, sagte sie und schaute ihren Kollegen erwartungsvoll an.

»Sag schon.«

»Du weißt ja, ich bin ganz gut mit dem Kollegen in der Verwaltung. Mit dem mit der nerdigen Brille …«

Als sie eine dramatische Pause machte, wurde Toth ungeduldig. »Marie-Theres. Raus mit der Sprache. Was weißt du noch?«

»Dieses Mausoleum hier hat unser Walter Pointner bezahlt. Und zwar seit vierzig Jahren«, sagte sie. »Ich schätze mal, sie war seine große Liebe.«

Toth war skeptisch.

»Nur wenn jemand das Grab von jemand anderes bezahlt, heißt das noch nicht, dass es die große Liebe war.«

»Aber ein Lied für die große Liebe zu schreiben, das kommt vor«, sagte Marie-Theres und deutete neuerlich auf das Mausoleum.

Erst jetzt bemerkte Toth, dass es eine weitere Inschrift gab. »Du bist mein größtes Geschenk«, las er laut vor. Fragend sah er seine Kollegin an.

»Klingelt da nix bei dir?«, fragte Marie-Theres. »Hast wohl kein Spanisch in der Schule gehabt.« Sie las den Satz noch einmal ganz langsam vor.

»Du bist mein größtes Geschenk.«

Dann sang sie. »Mi mayor regaloooo.«

Toth begriff, was ihm Marie-Theres sagen wollte. Pointner hatte das Lied für Maria Malatesta geschrieben, für die schöne, dunkelhaarige Frau, deren Bild im goldenen Rahmen in seiner Wohnung hing und deren Namen er als Künstlernamen verwendet hatte. Das Weihnachtslied war eigentlich ein Liebeslied. Das alles ergab Sinn.

»Ich bin beeindruckt«, sagte Toth und strich Marie-Theres über die Schulter. »An dir ist eine Journalistin verloren gegangen. Oder eigentlich eine Ermittlerin.«

Das sonst so blasse Gesicht von Marie-Theres bekam eine leichte Rottönung. Sie strich sich eine ihrer blonden Haarsträhnen aus dem Gesicht. »Wir sind halt ein Dreamteam«, sagte sie.

Donnerstag, 12.29 Uhr

Die Herbstluft wehte ihm den Duft der gebratenen Maroni förmlich unter die Nase. Er erinnerte Toth daran, dass sein Magen bereit für das Mittagessen war. Die Frühstücks-Leberkässemmel war längst verdaut, die lange Nacht mit Marie-Theres hingegen noch nicht. Er war immer noch müde und auf Energiezufuhr angewiesen.

Die hagere Frau mit den grauen Haaren, die ihren mobilen Ofen in der kleinen Holzhütte direkt beim Tor 2 vor wenigen Tagen zum ersten Mal in dieser Saison angeworfen hatte, hatte offenbar mit mehr Geschäft gerechnet. Unzählige Maroni brieten in ihrer glänzend braunen Schale langsam vor sich hin und warteten vergeblich auf hungrige Kundschaft. Der Platz vor dem Friedhofseingang war nach wie vor so gut wie leer.

Nur das silbergraue, blankpolierte Taxi stand noch immer auf dem großzügigen, asphaltierten Parkplatz neben Meters Blumenstand. Nicht mehr an derselben Stelle wie noch am Vormittag, doch es war derselbe Wagen, da war sich Toth sicher. Er versuchte, einen Blick auf den Mann zu erhaschen, der bei offenem Fenster am Fahrersitz saß, und warf seine Bilderdatenbank im Kopf an. Doch sie spuckte nichts aus. Irgendwo hatte er diesen Typen schon einmal gesehen. Und auch das Auto. Toth holte wieder einmal sein Smartphone aus der Tasche und fragte sich, wie Menschen früher ohne dieses Ding eigentlich leben konnten.

Die Uhrzeit sah Toth zwar, schob aber beiseite, dass er in Kürze in seinem Büro bei einem Beratungsgespräch sein sollte, und öffnete gleich den Fotoordner mit dem Namen »Wohnung Pointner«. Nach und nach wischte er von einem Bild zum nächsten. Der unaufgeräumte Schreibtisch. Die Zugtickets. Die schöne Maria Malatesta im goldenen Bilderrahmen. Die drei roten Katzenfiguren.

Da. Da war es. Toth wusste doch, dass er diesen Taxifahrer schon einmal gesehen hatte. Er zoomte in der Aufnahme näher heran und erinnerte sich wieder. Das Bild stand mit Herzchen gerahmt in dem kleinen Raum neben Pointners Wohnzimmer. Es zeigte Gabrijela mit Mann und Taxi.

Das Taxi auf dem Foto war ein Mercedes, das hier vor dem Friedhof ein Toyota, aber der Mann war derselbe.

War das wirklich Gabrijelas Mann, wie das Foto es vermuten ließ? Oder ihr Vater? Toth schätzte ihn locker 25 Jahre älter als die gutaussehende Pflegerin. Auf Ende fünfzig vielleicht. Halbglatze mit weißem Haarkranz, leichter Bierbauch, rahmenlose Brille. War er es, mit dem Gabrijela telefoniert hatte, nachdem sie den toten Walter im Rollstuhl zur Bestattung gebracht hatte? Hatte sie ihm versichert, der Polizei dieses oder jenes natürlich nicht gesagt zu haben? Toth musste es herausfinden, und er wusste auch schon wie.

Nur ein einziges Mal hatte Toth in den vergangenen Jahren zum Glimmstängel gegriffen, nachdem er sich das Rauchen abgewöhnt hatte. Zu Recherchezwecken.

Durch seinen Polizistenkumpel Bertl war es ihm gelungen, zu Namen und Telefonnummer der sogenannten »Eisfrau« zu kommen. Die Lehrerin war bei einem Schulausflug mit ihrer Klasse beim Eislaufen auf einem See in Niederösterreich eingebrochen und lag daraufhin im Koma. Wie durch ein Wunder wachte sie nach sechs Monaten und 18 Tagen wieder auf und hatte keine bleibenden Schäden. Das »Eiswunder« titelten die Zeitungen damals, und Toth wollte der Erste sein, der die Frau interviewte.

Nach einem mehrstündigen Telefonat und mehreren persönlichen Treffen zum Vertrauensaufbau hatte Toth sie so weit. Sie willigte ein, ihm das erste und einzige Interview zu geben. Es sollte auf neutralem Boden stattfinden, in einem Park in der Nähe der Wohnung der Lehrerin.

Alle Scheinwerfer waren aufgestellt, die Kameras positioniert und Toth und die Frau professionell von einer Visagistin geschminkt. Als er die erste Frage stellen wollte, spürte er, wie sein Gegenüber immer nervöser wurde. Die Frau rutschte auf dem von der Requisite bereitgestellten Sessel hin und her und atmete immer schneller.

»Ich brauch eine Zigarette. Rauchen Sie?«, fragte sie, bevor das Interview begann.

Toth zögerte einen Moment. »Ja«, sagte er schließlich zur Verwunderung seines gesamten Teams. »Ich habe zwar keine Zigaretten dabei, aber wenn Sie welche haben, rauchen wir einfach noch eine gemeinsam.«

129

Die Entspannungszigarette wirkte Wunder. Sie war vertrauensbildender als jedes der vielen Gespräche davor. Sie bedeutete weißen Rauch für das Exklusiv-Interview.

So ähnlich wie damals wollte es Toth auch jetzt an diesem sonnigen Herbsttag vor dem Tor 2 des Wiener Zentralfriedhofs anlegen. Er hatte den Taxifahrer vor wenigen Stunden noch rauchend vor seinem Fahrzeug gesehen.

Der »Tschick-Trick«, wie ihn die Redaktion nach dem »Eisfrau«-Interview nannte, könnte also auch in diesem Fall funktionieren.

Aus dem Autoradio des silbernen Wagens dröhnte »Unchain my heart« von Joe Cocker, als sich Toth in seinem dunkelgrauen Talar gekleidet näherte. Der Taxifahrer drehte die Musik ein wenig leiser, starrte Toth sichtlich verwundert an und sagte: »Sie kommen mich hoffentlich nicht holen? So alt bin ich auch wieder nicht.«

Toth setzte sein freundlichstes Lächeln auf: »Keine Sorge. Ich wollt nur fragen, ob Sie eine Zigarette für mich hätten.«

»Ich wollte eh gerade eine rauchen. Ich warte hier schon viel länger, als ich eigentlich wollte«, sagte der Taxifahrer, stieg aus dem Wagen und hielt Toth eine offene Zigarettenpackung hin.

Toth musste sich überwinden, den ersten Zug zu nehmen.

Er schaffte es nicht, den Rauch zu inhalieren, sondern behielt ihn im Mund, bevor er ihn unter leichtem Husten ausblies.

»Keine Kundschaft heute?«, versuchte er ein Gespräch zu beginnen.

»Das Geschäft läuft schon seit Jahren schlecht. Aber das ist mir heute ausnahmsweise egal. Ich bin nicht im Dienst«, antwortete der Mann mit kratziger Stimme.

»Das heißt, Sie sind wegen der besten Maroni der Stadt hier?«, fragte Toth und deutete auf die Verkäuferin, die immer noch gelangweilt hinter ihrem schwarzen Ofen stand.

»Meine Lebensgefährtin hat am Friedhof was zu erledigen. Ich hole sie ab«, sagte der Mann und musterte Toth von oben bis unten. »Sagen Sie, sind Sie auch von dem Verein da?«

»Sie meinen von der Bestattung? Ja, bin ich«, antwortete Toth selbstbewusst.

»Dann können Sie ihren Chefs schon einmal ausrichten, dass sie bald Post von mir bekommen«, knurrte der Taxifahrer.

Toth ahnte schon, worauf er hinauswollte, gab sich aber unwissend: »Oje, was ist denn passiert?«

»Es sind hier am Friedhof leider nicht alle so nett und sympathisch wie Sie. Meine Frau wird hier behandelt wie eine Schwerverbrecherin. Sie wurde richtig verhört. Dabei ist meine Gabi der liebste und gutherzigste Mensch, den man sich vorstellen kann.«

»Was wollen Sie schon wieder? Belästigen Sie jetzt auch meinen Freund?«, schallte es auf einmal über den leeren Parkplatz.

Toth drehte sich um und erkannte auch aus der Ferne das wutentbrannte Gesicht. Es war Gabrijela, die schnel-

131

len Schrittes vom Friedhof kommend auf das Taxi zustrebte. Oh. Oh. Toth spürte, dass die Situation gleich eskalieren würde.

»Gabi, beruhige dich. Der Mann hier ist wirklich nett, wir haben nur eine Zigarette geraucht«, sagte der Taxler. »Wo warst du überhaupt so lang? Jetzt ist der alte Sack endlich tot und bestimmt immer noch deinen Tag.«

»Ich habe dir schon hundertmal gesagt, du sollst ihn nicht alter Sack nennen«, sagte Gabrijela in scharfem Ton und projizierte ihre Wut nun auf ihren Lebensgefährten.

Während sich die beiden ein heftiges Wortduell lieferten, dessen Lautstärke Tote hätte wecken können, nützte Toth die Gelegenheit. Er machte noch einen Schritt auf die offene Fahrzeugtür zu und erhaschte einen Blick auf den Taxischein, der auf der dunklen Mittelkonsole klebte. *Michael Planck* stand neben dem Porträtfoto, das den Mann in jüngerem und schlankerem Zustand zeigte.

Als Toths Blick wie ein Scanner durch die Fahrerkabine glitt, fiel ihm noch etwas auf. Er blendete das Geschrei direkt neben sich komplett aus und versuchte, die kleine Schrift zu entziffern. Dieser kleine Zettel könnte ihm noch nützlich sein, dachte er. Ohne auf die beiden Streithähne zu achten, schnappte er ihn sich wie ein Adler seine Beute und ließ ihn in seiner Talartasche verschwinden.

»Und Sie lassen mich jetzt endlich in Ruhe. Kapiert? Und meinen Lebensgefährten auch. Das ist der Typ, der mich wie eine Verdächtige ausfragen wollte«, kreischte Gabrijela und ließ ihren Zorn nun wieder an Toth aus.

»Was?« Der Taxler richtete sich auf wie für einen Box-kampf. Er schien einen halben Kopf größer zu werden.

»Vielen Dank für die Zigarette. Und probieren Sie un-bedingt die Maroni«, sagte Toth und eilte in Richtung Bestattungszentrale davon.

Donnerstag, 13.34 Uhr

Ihre mit Minnie-Mäusen bedruckten Taschentücher, die vor ihr auf dem Tisch lagen, waren neben ihren orange lackierten Fingernägeln das Bunteste in dem schlicht eingerichteten Büro. Die Frau, die Toth gegenübersaß, war etwa gleich alt wie er selbst, hatte blondierte Haare, eine vermutlich vom Solarium gebräunte Haut und eine Stimme wie Tina Turner zu ihren besten Zeiten.

Unter Tränen schilderte sie dem Bestatter ihren großen Verlust. »Er war doch noch so jung, mein René. Das ist so unfair. Ich habe ihm gesagt, er soll nicht so viel saufen. Aber er wollte nicht auf mich hören«, schluchzte sie und schnäuzte sich fest in eines ihrer Taschentücher. Es klang eher nach dem Zeichentrick-Elefanten Benjamin Blümchen als nach Minnie Mouse.

Bei seinem Polterabend im Prater, dem berühmten Wiener Vergnügungspark, sei ihr Verlobter betrunken auf ein Pony gestiegen und habe einen Cowboy imitiert. Es war eine der Aufgaben, die sich seine besten Freunde für ihn überlegt hatten und die mit einem Stamperl Jägermeister hätte belohnt werden sollen. Doch dazu kam es nicht. Ein Cowboy kennt sprichwörtlich zwar keinen Schmerz, doch den Sturz vom Pferderücken samt Schädelhirntrauma überlebte René nicht. Er starb noch am selben Abend im Spital. Er hatte 2,4 Promille. Um für seine Bestattung alles in die Wege zu leiten, musste Toth wie vorgeschrieben im zuständigen Krankenhaus anrufen. Es wäre nicht Wien, würden nicht auch nach dem Tod jede

Menge Formalitäten für die Betroffenen beziehungsweise ihre Hinterbliebenen anfallen. Wie groß war René, wie schwer, hatte er infektiöse Krankheiten et cetera. All das war abzuklären, ehe die offizielle Freigabe für die Überstellung des Leichnams erfolgen konnte.

Alexander Toth fühlte sich fast wieder wie ein Journalist, als er mit der Spitalsmitarbeiterin am anderen Ende der Leitung eine Frage nach der anderen abarbeitete und in sein Computerprogramm tippte. Er wollte sich gerade von der freundlichen Frau im Krankenhaus verabschieden, als die blonde Witwe auf der anderen Seite seines Schreibtischs laut »Halt« rief. »Bitte sagen Sie den Leuten im Spital, dass ich gern das Piercing meines Verlobten als Andenken hätte. Sie sollen es bitte aufheben, ich hole es ab.« In ihrer Stimme lag ein leises Flehen.

In seiner gelassenen Art deponierte Toth den Wunsch der Witwe und erntete kurz darauf einen Lacher, der selbst durch das Telefon für Renés Liebste zu hören gewesen sein musste. »Das einzige Piercing, das unser Patient hier auf der Pathologie hat, befindet sich auf seinem besten Stück«, sagte die hörbar amüsierte Spitalskollegin. »Bei der Bauart kann ich mir aber gut vorstellen, dass sie das gern als Erinnerung mit nach Hause nehmen will.«

Toth bemühte sich, ernst zu bleiben. »Dankeschön«, sagte er so förmlich, wie es ihm in der Situation möglich war, beendete das Telefonat und wandte sich wieder seiner Kundin zu. »Das Piercing Ihres Verlobten wird selbstverständlich aufgehoben. Wir veranlassen, dass Sie es bekommen«, versicherte er und bekam dafür ein sanftes Lächeln, das ganz nach Erleichterung aussah.

Nachdem Toth das delikate Beratungsgespräch beendet und die Frau samt ihrer Minnie-Mouse-Taschentücher verabschiedet hatte, öffnete er auf dem Bildschirm wieder jenes Fenster, das er kurz vor dem Besuch der Witwe geschlossen hatte. Im internen Computersystem der Bestattung hatte Toth in die Suchmaske »Maria Malatesta« eingegeben. Nicht in die Gräbersuche, denn das hatte Marie-Theres schon erledigt und ihn zu dem schönen Marmor-Mausoleum in der Nähe der Halle 3 geführt.

Toth war an etwas anderem interessiert.

Und da war auch schon, wonach er gesucht hatte. Wobei. Komisch. Hä?

Wieso gab es sie doppelt?

Toth klickte auf die beiden Ergebnisse, die der Computer ihm anzeigte. Es gab offenbar tatsächlich zwei unterschiedliche Parten für Maria Malatesta im Herbst 1994. Sehr ungewöhnlich.

Toth hatte schon von vielen skurrilen Traueranzeigen und Partezetteln gehört. Einmal hatte die Autokorrektur aus »Marianne, Josef und deren Kinder« peinlicherweise »Marianne, Josef und Bärenkinder« gemacht und für eine heftige Beschwerde der Hinterbliebenen gesorgt. In einem anderen Fall hatte ein Witwer für große Verwunderung gesorgt. Er hatte am Ende der Traueranzeige seiner Frau eine Art Kontaktanzeige geschaltet und sich als sportlichen, umgänglichen Nichtraucher Mitte sechzig angepriesen, samt Telefonnummer. Ob sich tatsächlich je eine Dame darauf gemeldet hatte, wussten weder Toth noch seine langgedienten Kollegen.

Aber so etwas wie vor sich auf dem Bildschirm seines Computers hatte Toth in seiner – wenn auch erst kurzen – Bestatterlaufbahn noch nicht gesehen. Für Maria Malatesta, gestorben am 25. Oktober 1994, waren bei der Bestattung Wien tatsächlich zwei Parten in Auftrag gegeben und digitalisiert worden.

Toth vergrößerte mit einem Mausklick das erste der beiden Dokumente.

Am oberen Bildrand leuchtete eine rotorange Sonne, die im Meer versank. Es sah nach Urlaub aus, irgendwo im Süden. In geschwungenen, schwarzen Lettern stand unter Marias Namen sowie ihrem Geburts- und Sterbedatum geschrieben: »Du warst mein größtes Geschenk. Ich vermisse dich. Walter, dein Lebensgefährte.«

Toth begann leise zu summen. »Mi mayor regalo, oh oh oh ...«

Das Geschenk. Es war ein weiterer Beweis dafür, dass Walter Pointner das Lied, das später auf welche Weise auch immer in der spanischen Übersetzung zum Megahit wurde, für Maria geschrieben hatte. Toth öffnete in einem neuen Fenster auf seinem Bildschirm YouTube und startete eine Coverversion des Songs, der ihn nun schon seit Tagen verfolgte.

Begleitet von hellen Glockenklängen und einer diesmal weiblichen Stimme klickte Toth auf das zweite Dokument, das seine Partensuche auswarf. Er vergrößerte auch diese Traueranzeige und begutachtete sie. In zartem

137

Gelb wuchs aus der unteren Bildhälfte ein Blumenstrauß. Diesmal war es kein schwarzer Rahmen, der das digitale A4-Blatt umrandete, sondern einer in Regenbogenfarben. Wie schon in der Traueranzeige von Walter standen auch hier in dicken Buchstaben Marias Namen, der Tag ihrer Geburt und der ihres Todes. Doch darunter hatte sich jemand anderes verewigt: »Mamma, ich werde dich immer lieben. Dein Sohn Matteo.«

Eine Frau, zwei Männer, zwei Parten. Toth kratzte sich am Kinn und dachte nach. Was hatte das zu bedeuten? Walter Pointner war offenbar nicht der Vater von Matteo? War er der ungeliebte Stiefvater? Wieso hatten die beiden nicht gemeinsam um Maria getrauert, sondern so demonstrativ getrennt?

»Sagen Sie, sind Sie jetzt komplett übergeschnappt?« Bärbel Hansen war in Toths Büro und somit in seine Gedanken geplatzt. »Wir sind hier eine Bestattung und kein Adventmarkt. Warum um alles in der Welt hören Sie Weihnachtsmusik Ende Oktober? Und das in dieser Lautstärke?«

Mit einem schnellen Mausklick hatte Toth die Lautsprecher stummgeschaltet und ein möglichst seriöses Gesicht aufgesetzt. »Bei uns in Wien ticken die Uhren eben ein bisschen anders, Chefin. Da gibt's auch schon im August Lebkuchen im Supermarkt.«

»Sie werden schon noch eine Bescherung erleben, Toth, dass es eine schöne wird, kann ich Ihnen aber nicht garantieren.« Damit drehte sich Hansen im Türrahmen um und stöckelte davon.

Dass er sich auf Messers Schneide bewegte, war Toth durchaus bewusst, doch wenn die Neugierde ihn gepackt hatte, ließ sie ihn so rasch nicht mehr los. Über Hansen konnte er später noch immer nachdenken. Kaum waren ihre Schritte verklungen, starrte Toth wieder auf den Bildschirm und betrachtete die beiden Parten, die er jetzt nebeneinander geöffnet hatte. Er wusste, wer ihm sagen konnte, ob seine Intuition richtig lag. Sein alter Bekannter Peter, jener Bestatter, der ihm vom Job hier am Friedhof erzählt hatte. Er war zwar seit zwei Jahren in Pension, hatte aber in seinen vier Jahrzehnten in dem Geschäft so einiges erlebt. Er rief ihn an. »Grüß dich, Peter«, sagte er. »Sag, was hat es zu bedeuten, wenn es für eine Verstorbene zwei unterschiedliche Partezettel gibt? Eine von ihrem Mann und eine von ihrem Sohn?«

Toth hörte sich die Antwort andächtig an. »Danke dir. Das war auch mein Gefühl. Die beiden müssen sich gehasst haben.«

Donnerstag, 15.02 Uhr

Auch an besucherarmen Tagen wie heute gab es am Wiener Zentralfriedhof einen Ort, an dem die ewige Ruhe nichts als eine abgedroschene Floskel war. Im Ehrenhain tummelten sich rund um das auffällige Grab von Falco, das aus einem Obelisken und einer riesigen Glasplatte mit dem Bild des Sängers bestand, täglich Fans dieses größten österreichischen Popstars. Als Toth an ihnen vorbeiging, sah er drei junge Asiatinnen, die ihre Smartphones am Ende eines Selfiesticks montiert hatten, um ein Foto von sich vor der letzten Ruhestätte des Falken zu machen. Ein Selfie mit einem Toten. Zumindest brauchte er keinen Beautyfilter mehr.

In dieser Gruppe mit der Nummer vierzig lag auch Otto Wurm begraben. Toths Mentor und journalistisches Vorbild.

Der Mann, den er bis zu dessen Tod nicht nur beruflich stets um Rat fragen konnte. Nach dem neuerlichen Anschiss von Bärbel Hansen hatte Toth das Bedürfnis, zu seinem Grab zu gehen und ihm nahe zu sein. Toths blasses Gesicht spiegelte sich in dem zu einer Kugel geschliffenen Grabstein, den die bereits tiefstehende Sonne beleuchtete. Das Kichern der Falco-Fans drang hier nur noch aus der Ferne zu ihm herüber. Toth hob seinen dunklen Arbeitstalar etwas in die Höhe, damit er sich vor Wurms Grabstelle hinhocken konnte. Andächtig fixierte er die Inschrift auf der Grabsteinkugel und versank in seinen Gedanken.

Otto, was soll ich nur tun? Du hast mir doch immer gesagt, man soll zu Ende bringen, was man begonnen hat. Und man soll sich nicht mit den erstbesten Antworten zufriedengeben. Aber schau, wohin mich das geführt hat. Meine Chefin ist kurz davor, mich rauszuschmeißen, und alles, wonach ich mich so sehr gesehnt habe, steht auf dem Spiel. Die Ruhe. Die geregelten Arbeitszeiten. Die Work-Life-Balance, die ich so viele Jahre nur vom Hörensagen kannte.

Ich bin doch Bestatter geworden, um mein Leben zu ändern. Kein Terminstress mehr. Keine Recherchen in zwielichtigen Milieus. Keine schlaflosen Nächte. Und jetzt?

Jetzt bin ich wieder genau dort, wo ich als Journalist war. Mittendrin statt nur dabei.

War es womöglich doch die falsche Entscheidung, meine Karriere an den Nagel zu hängen und neu anzufangen? Kann man sich gegen seine Berufung womöglich gar nicht wehren? Ist man ihr schutzlos ausgeliefert? Ich könnte wahrscheinlich auch zur Müllabfuhr gehen und würde dort eine Leiche im Mistkübel finden. Oder in eine Bäckerei. Dann wäre es wahrscheinlich ein in ein Brot eingebackener Finger.

Toth hörte in seinem Kopf auf einmal die Stimme seiner Mutter, die beklagte, wie sehr sie ihn am Bildschirm vermisste. Dann hatte er die Schülerzeitung vor Augen und sah seinem eigenen kindlichen Ich ins Gesicht. »Die Wahrheit muss ans Licht«, sagte ein Stimmengewirr aus Wurm, seiner Mutter und seiner hohen Bubenstimme.

Immer und immer wieder wiederholte sich dieser Satz. »Die Wahrheit muss ans Licht.«

Weil ihm kühl wurde, steckte er die Hände in seine Talartaschen und merkte dabei, dass sein Handy vibrierte. Das angenehme Kribbeln riss Toth aus seinen Gedanken. Es war zu spät, um den Anruf entgegenzunehmen, aber der Blick auf das Display ließ seinen Puls schlagartig ansteigen. Es musste etwas passiert sein. Etwas Schlimmes?

Während er vor Otto Wurms Grab sinniert hatte, hatte Marie-Theres neunmal versucht ihn anzurufen. Neunmal in zehn Minuten. Er tippte auf den Rückrufbutton, als die asiatischen Touristinnen zwei Gräber weiter lautstark Falcos letzten Hit abspielten. »Out of the dark, into the light ...«

Donnerstag, 15.15 Uhr

Das gleichmäßige Läuten der Totenglocken mischte sich in die herbstliche Friedhofsatmosphäre und übertönte das Rascheln von Toths Schritten im bunten Laub. Es kam offenbar von der Halle 2. Jedes Mal, wenn ein Sarg nach einer Trauerfeier zur Grabstelle getragen oder gefahren wurde, mussten Toth und seine Kollegen die Glocke mittels eines Druckknopfes neben dem Eingang der Halle einschalten. Während der vergangenen Tage hatte die Taste geklemmt, weshalb es am Zentralfriedhof noch ruhiger zugegangen war als sonst. Der Friedhofstechniker, den alle Kollegen nur den »Scheintoten« nannten, weil er den Aktivitätslevel eines Faultiers hatte, dürfte nun nach mehreren Aufforderungen seinen wahrscheinlich einzigen Auftrag der Woche erledigt haben. Es bimmelte wieder.

Was wollte Marie-Theres ihm so dringend zeigen? Was hatte sie so Spannendes entdeckt? Sie hatte kryptisch geklungen, als er sie noch von Otto Wurms Grab aus zurückgerufen hatte. Sie wolle es Toth lieber persönlich zeigen, hatte sie gemeint. Er müsse es mit eigenen Augen sehen. Er wusste nur, dass er zu Maria Malatestas Mausoleum kommen sollte.

Toth war so voller Adrenalin, dass er auf seinen Tick, die aufzulassenden Gräber zu zählen, ganz vergaß, und das, obwohl er an einigen vorbeikam. Auch die imposanten, aus roten Ziegeln gebauten Arkadengrüfte, an denen er schnellen Schrittes vorbeiging, würdigte er keines Blickes.

Dabei hatte er erst vor kurzem einen skurrilen Auftrag hier zu erledigen gehabt. Die in Halbkreisen gebaute Anlage, die direkt an der Hauptallee des Friedhofs lag, war 1881 von wohlhabenden Wienern finanziert und in nur zwei Jahren errichtet worden. Unter den meterhohen Arkaden ließen sich damals vornehme und adelige Bürger beisetzen, unter tonnenschweren Steinplatten, die über den unterirdischen Grüften lagen. Doch die meisten Freiherren und Gräfinnen waren mittlerweile ausgezogen. Wie bei Normalsterblichen fehlte es auch bei ihnen an Nachkommen, die für die kostspieligen Unterkünfte aufkommen wollten.

Die Nachmieter dieser elitären letzten Ruhestätten waren in den vergangenen Jahren vornehmlich Roma-Familien gewesen. Sie sparten meist über Jahre für diese Art unterirdischer Investments. Beste Lage, zentral, samt ruheliebenden Nachbarn. Bis zu 75.000 Euro ließen sich manche Familien so eine Gruft kosten, die in ihrer Community als Statussymbol galt.

Schon als Journalist wollte Toth einmal über diese spezielle Begräbniskultur berichten und mit einem Kamerateam eine solche Gruft besuchen. Doch seine Bemühungen waren vergeblich geblieben. Trotz zahlreicher Versuche hatte ihn niemand unter den Arkaden drehen lassen.

Vor wenigen Wochen dann war es schließlich so weit gewesen. Toth musste die Beisetzung eines selbsternannten Wiener Zigeunerbarons organisieren. Er war ein virtuoser Geigenspieler und schon zu Lebzeiten eine

musikalische Legende gewesen. Nach seinem Tod, der
ihn auf der Bühne ereilt hatte, sollte er, wie schon seine
Eltern und Großeltern, die großzügige Anlage im Keller-
geschoß des Zentralfriedhofs beziehen.

Bei der Beisetzung an einem verregneten Sommertag
öffnete sich für Toth zum ersten Mal diese unterirdische
Welt. Es sah aus wie in einem Wohnzimmer. Ein teurer
Perserteppich, eine stylische Couch mit echt wirkenden
Silberverzierungen an den Lehnen und sogar ein bat-
teriebetriebenes Radio auf einem kleinen Kästchen aus
Mahagoniholz gab es.

Der Sohn des Geigenvirtuosen wollte die Gelegenheit
nutzen, um neben seinem Vater auch einen topmodernen Flachbildfernseher unter die Erde zu bringen.

»Damit er dort seine Lieblingsserien weiterschauen
kann«, sagte er zu Toth und fragte nach einem Strom-
anschluss für die Familiengruft. Es war einer der wenigen Wünsche, die Toth bisher nicht erfüllen konnte. Der
23-Zoll-Fernseher kam zwar mit in die Gruft, blieb allerdings schwarz.

Das Glockengeläute war kaum noch zu hören, als Toth
endlich bei seinem Ziel ankam. Marie-Theres stand wie
angewurzelt da und starrte gebannt auf das Mausoleum.

Ihr Gesicht war noch blasser als sonst.

»Was ist denn passiert? Ist alles in Ordnung mit dir?«,
fragte Toth besorgt, als er vor seiner Kollegin stand.

Marie-Theres reagierte nicht wie üblich mit einer
blitzschnellen Antwort, sondern starrte weiterhin auf
das Mausoleum aus weißem Marmor.

»Ist dir ein Toter aus dem Sarg gesprungen oder warum schaust du aus, als hättest du ein Gespenst gesehen?«, versuchte Toth die Situation etwas aufzulockern.

Marie-Theres sagte nichts und deutete mit ihrem rechten Zeigefinger auf die weiße Marmorplatte mit der goldenen Inschrift.

»Das kennen wir doch schon«, sagte Toth, ohne sie eines genauen Blickes zu würdigen. »Maria Malatesta war die Mutter von Matteo und die ganz große Liebe von unserem Walter Pointner. Sein größtes Geschenk.«

»Ich glaube, wir haben den Mörder«, sagte Marie-Theres und schaute nun nicht mehr auf das Grab, sondern direkt in Toths Augen.

»Was redest du da?«, fragte er und dachte nach, ob sie vielleicht doch eine Folge True-Crime-Podcast zu viel gehört hatte.

»Toth, das ist kein Scherz. Schau doch mal genau«, sagte Marie-Theres.

Toth wandte den Blick von seiner entgeisterten Kollegin ab und musterte das Mausoleum von Maria Malatesta. Er las die goldene Inschrift, mit der ihr Geburts- und Sterbedatum in den Stein graviert war, und betrachtete ihr Gesicht, das aus dem goldenen, ovalen Rahmen lächelte. Alles war genau so wie vor wenigen Stunden am Vormittag, als Marie-Theres ihm das erste Mal die letzte Ruhestätte der vor knapp dreißig Jahren verstorbenen Frau gezeigt hatte.

Die weiße Platte war diesmal aber mit einer deutlich sichtbaren Staubschicht bedeckt. Besser gesagt: mit einer Sandschicht. Der kräftige Regen vom Vortag hatte den Saharastaub, den ein spezielles Wetterphänomen regelmäßig in die Stadt blies und der seit Tagen in der Luft hing, ausgewaschen und über ganz Wien verteilt. Auch am Zentralfriedhof. Wie schon vorhin beim Grab von Otto Wurm hob Toth seinen Talar, um sich vor dem Mausoleum hinzuhocken und genauer hinzusehen.

Dicke Wolken verdeckten mittlerweile die Sonne, die den ganzen Tag über gestrahlt hatte. In der dämmrigen Stimmung waren die brennenden Grablichter am Zentralfriedhof auf einmal wieder gut zu sehen. Auch auf Maria Malatestas Grab flackerte die kleine Flamme einer weißen Kerze, die jemand in eine kleine Laterne gestellt hatte. In ihrem Schein sah Alexander Toth den Grund für die neun Anrufe in Abwesenheit. Es war nur bei genauem Hinsehen zu erkennen, doch es war deutlich lesbar. Es war eine Botschaft, die es Toth kalt den Rücken hinunterlaufen ließ.

Er drehte sich zu Marie-Theres um, die noch immer wie versteinert dastand, und las dann noch einmal ganz langsam die Worte, die jemand am seitlichen Rand von Maria Malatestas Marmorplatte, die das Grab abdeckte, offenbar mit dem Finger in den Saharastaub geschrieben hatte. Dieser jemand konnte nur einer gewesen sein. Das Kerzenlicht beleuchtete den für Toth und Marie-Theres unmissverständlichen Satz: *Ich habe es getan, Mamma.* ¢

Donnerstag, 22.19 Uhr

Er bemerkte das Klopfen am Fenster zunächst gar nicht. Toth saß am Fahrersitz seines türkisen Twingo und hatte das Autoradio auf volle Lautstärke gedreht. Es war zwar Donnerstagabend, doch aus den alten Boxen tönte »Sunday Morning« der US-Band »Maroon 5«.

Der jazzige Song weckte in Toth Erinnerungen. Bei diesem Lied hatte er die bisher einzige Frau in seinem Leben zum ersten Mal geküsst. Es war an einem lauen Sommerabend gewesen, in einer der Bars am Donaukanal, einem der angesagten Ausgehviertel in Wien.

Toth summte leise mit und sah dabei in Gedanken in die kastanienbraunen Augen jener Frau, die er lang für die Liebe seines Lebens gehalten hatte. Er holte tief Luft und nahm dabei einen angenehmen Duft im Auto wahr. Er war süßlich. Eine Mischung aus Apfel und Sandelholz. Es roch nach Marie-Theres. Wie konnte das sein? Warum hatte er plötzlich das Gefühl, die blonde Sargträgerin sei ihm ganz nah? Ein neuerliches Klopfen weckte Toth aus seinem spätabendlichen Tagtraum.

»Entschuldige. Bist du nicht Alexander Toth vom Fernsehen?«, hörte er eine aufgeregte Stimme, nachdem er das Fenster seines geparkten Autos hinuntergekurbelt hatte.

»Ja, der war ich. Ähm. Also bin ich. Also ich bin dieser Alexander Toth, aber ich bin nicht mehr beim Fernsehen«, antwortete er etwas überrumpelt.

»Ahhhh. Er ist es wirklich. Meine Mama ist voll der große Fan von dir. Du bist ihr absoluter Lieblingsmode-

148

rator. Die glaubt mir nie, dass ich dich getroffen habe. Können wir ein Selfie machen?«, fragte die aufgebrezelte Frau, die Toth auf etwas über zwanzig schätzte.

Toth zögerte. Er mochte Fan-Begegnungen schon als Journalist nicht besonders und jetzt als Bestatter noch weniger. Vor allem parkte er nicht zum Spaß in dieser kleinen, kopfsteingepflasterten Gasse in der Wiener Innenstadt. Er war aus guten Gründen hier und durfte den richtigen Zeitpunkt für seinen Einsatz nicht verpassen.

»Wenn du deiner Mutter damit wirklich eine Freude machen kannst, von mir aus«, sagte Toth zu der aufgeregt wirkenden Frau, stieg aus und posierte mit ihr und ihren Freundinnen für gleich mehrere Fotos.

»Danke, uuuuurlieb von dir. Und schönen Abend noch«, sagte die junge Frau zum Abschied und verschwand mit ihren etwa gleichaltrigen Begleiterinnen kichernd aus Toths Blickfeld. Ihren Outfits nach zu urteilen waren sie zur nächsten Disco unterwegs, dachte sich Toth. Immerhin freute er sich, dass er offenbar noch so jung ausschaute, dass junge Frauen ihn duzten.

Toth stand noch immer neben der offenen Fahrertür und blickte auf die digitale Zeitanzeige in der Mittelkonsole seines Twingos. Es war 22.27 Uhr. Der perfekte Moment, um seinen Plan in die Tat umzusetzen, fand er.

Er schloss das Auto ab und zupfte sein rosa Hemd mit den dunkelroten Nähten zurecht, das er nach so vielen Jahren nun schon zum zweiten Mal in dieser Woche trug. Er strich es glatt und versicherte sich, dass es akkurat in seiner mit silbernen Nieten bestickten Skinny Jeans steckte. Das Outfit saß, so wie es Marie-Theres ihm aufgetragen hatte.

Seine quirlige Kollegin konnte ihn bei seiner heiklen Mission diesmal nicht begleiten und musste zu Hause ausharren, was sie nur unter Missfallen tat. Denn im »Avocado« war heute »Bären-Nacht«. Zutritt nur für Männer.

Toth und Marie-Theres hatten auf Matteos Homepage gesehen, dass er heute Abend wieder in dem angesagten Schwulenclub als Fotograf im Einsatz war.

Es war der letzte Abend vor Walter Pointners Begräbnis und damit wohl die letzte Chance, noch davor herauszufinden, was die mysteriöse Sahara-Staub-Inschrift auf Marias Grab zu bedeuten hatte. Diesmal gab es vor dem »Avocado« keine Kordel und auch keinen goldenen Teppich. Neben dem Eingang hingen nur zwei Plakate, die auf das Motto des heutigen Abends hinwiesen. Zwei bullige Kerle mit nacktem, behaartem Oberkörper sowie Lederhose und -kappe grinsten von diesem aus Toth und die wenigen Besucher vor ihm in der Schlange an.

»Na? Hat's dir bei uns gut gefallen? Schön, dass du so schnell wiederkommst«, sagte der glatzköpfige Türsteher, der Toth augenscheinlich wiedererkannte.

»Ja, toller Club mit tollen Gästen«, antwortete Toth und ließ sich das schwarze Armband aus Papier, das heute Abend als Eintrittskarte galt, um sein rechtes Handgelenk binden.

»Dann vergnüg dich schön, mein Lieber«, sagte der Mann und öffnete Toth die schwere Eisentür zum Club.

Für Toth war es nicht das erste Mal, dass er für schwul gehalten wurde. Seine gepflegte Erscheinung, gepaart mit seiner ruhigen und freundlichen Art, hatten schon einige Male das Gerücht aufkommen lassen, dass er sich eher für Männer als für Frauen interessiere. Doch es war falsch. Toth hatte zwar homosexuelle Freunde und Bekannte, vor allem beim Fernsehen hatte er viele kennengelernt, er selbst fühlte sich aber nur zu Frauen hingezogen. Auch wenn schon lang keine mehr einen fixen Platz in seinem Liebesleben hatte.

Die Musik war diesmal härter als bei Toths jüngstem Besuch im »Avocado«. Er spürte den lauten Bass in seiner Magengegend. Es war auch wesentlich dunkler als bei der »Mister-Avocado-Wahl«. Alles war in ein dunkelrotes Licht getaucht, das die unzähligen, behaarten Männerkörper, die sich zur lauten Musik bewegten, nur schemenhaft sichtbar machte. Das war ein Vorteil, dachte sich Toth. Bei diesen Lichtverhältnissen müsste der Blitz von Matteos Fotoapparat leicht zu erkennen sein.

Toth hatte die Uhrzeit für seinen zweiten Clubbesuch in dieser Woche sorgfältig gewählt. Als er gestern Abend hier war, hatte er Matteo ganz genau beobachtet. Auch sein Trinkverhalten. Sollte es heute ähnlich sein, würde er um 22.30 Uhr ungefähr so viele Gläser Champagner intus haben, dass er noch nicht zu betrunken, aber angeheitert genug war, um eine indiskrete Frage eines Fremden zu beantworten.

Zwischen den tanzenden Männern hindurch suchte Toth den geräumigen Club mit seinen drei Bars und drei

Tanzflächen systematisch ab. Immer wieder erntete er dabei anklagende Blicke, weil er nicht wie bei der »Bären-Nacht« üblich oben ohne unterwegs war.

Hinter einem der Tanzbären glitzerte es golden. Toth folgte dieser Erleuchtung, und tatsächlich war es Matteo. Auch er hatte offenbar wieder dasselbe Outfit gewählt und stand in seinem noch immer zu engen, weit offenen, goldenen Hemd an einer der Bars im Untergeschoss des Clubs und trank ein Glas Champagner.

Auf Toth machte er einen gut gelaunten Eindruck. Er wirkte gelöst. Fast glücklich. Er unterhielt sich mit zwei Männern, die um einen Kopf größer waren als er und sich weit nach unten beugen mussten, als Matteo ihnen offensichtlich Fotos auf dem Display seiner Digitalkamera zeigte.

Einer der beiden Riesen klopfte Matteo auf die Schulter, deutete mit dem Daumen nach oben und verschwand mit seinem Begleiter in der Menschenmenge.

Das war die Gelegenheit. Jetzt oder nie, dachte sich Toth und bahnte sich seinen Weg zu Matteo Malatesta, der sich gerade ein weiteres Glas bei dem gutaussehenden, halbnackten Kellner hinter der Bar bestellte. »Darf ich kurz stören?«, fragte Toth.

»Schöne Männer dürfen das immer. Wobei Bärli bist du keines, Süßer. Hast du dich im Tag geirrt? Die Mister-Avocado-Wahl war gestern«, antwortete Matteo und trank einen Schluck von seinem frischen Champagner. »Oder soll ich ein Foto von dir machen? Du bist sicher fotogen, bei dem Gesicht.«

»Nein, danke. Ich hätte eine private Frage«, sagte Toth und merkte, wie sein Puls sich beschleunigte.

»Oh. Der schöne Mann hat eine private Frage an mich. Da bin ich aber gespannt. Ich sag es dir aber gleich, ich bin weg vom Markt«, antwortete Matteo und rückte den Anhänger seines Goldkettchens, der auf seinem üppigen, schwarzen Brusthaar lag, zurecht.

»Nicht auf die Art privat. Es ist eher eine Familienangelegenheit«, sagte Toth und merkte, wie sich das gerade noch so fröhliche Gesicht Matteos verfinsterte.

»Ich habe keine Familie«, antwortete Matteo. »Es kann also keine Angelegenheit geben.« Er wollte samt seinem Champagnerglas im Gedränge verschwinden.

Toth stoppte sein Vorhaben, ohne sich dafür auch nur einen Zentimeter zu bewegen. Es brauchte dafür nur einen einzigen Satz. Eine einzige Frage. Die entscheidende Frage, wegen der er heute Abend hierhergekommen war. »Haben Sie Walter Pointner umgebracht?«, fragte er mit seiner sonoren Fernsehstimme.

Matteo Malatesta erstarrte. Sein leicht verschwitztes Gesicht schien trotz der enormen Hitze im Club mit einem Schlag einzufrieren. Toth sah ihm tief in die Augen und meinte zu erkennen, wie sie langsam feucht wurden. Und traurig. Er hatte das Gefühl, für einen kurzen Moment in die Seele dieses Mannes zu blicken. Matteo sagte ebenfalls nur einen Satz, bevor er Toth nun tatsächlich allein an der Bar stehen ließ. »Walter Pointner hat meine Mutter umgebracht.«

153

Ich habe meiner großen und leider viel zu früh verstorbenen Liebe Maria am Sterbebett versprochen, dass ich mich immer um ihn kümmern werde. Er war ihr einziges Kind. Ihr ganzer Stolz. Matteo soll deshalb 500.000 Euro meines Vermögens bekommen. Auch wenn er sich das mit seinem verschwenderischen Lebensstil nicht verdient hat. Wenn er gut damit umgeht und nicht nur Party macht und Champagner trinkt, sollte er eine Zeit lang damit auskommen. Den Rest, darunter die Verwertungsrechte für meinen Liedtext »Mi mayor regalo« vermache ich jenem Menschen, der sich mit reinem Herzen um mich gekümmert hat. So soll es sein. Das ist mein letzter Wille. Aber wer weiß schon, was auf der Welt passiert, wenn man einmal gegangen ist.

Freitag, 7.04 Uhr

Um ein Haar wäre Toth erneut im morgendlichen Stau auf seinen Vordermann aufgefahren. Aber diesmal stoppte er den Rollwagen mit dem kostbaren Sarg aus Mahagoniholz rechtzeitig. Und das, obwohl er mit seinen Gedanken ganz wo anders als hier in dem mit Neonlicht beleuchteten Keller der Bestattung war. Um 15 Uhr würde die Trauerfeier für Walter Pointner stattfinden. Das war in weniger als acht Stunden. Nur noch acht Stunden hatte er also Zeit, um herauszufinden, wie der alte Mann im Rollstuhl tatsächlich gestorben war. Dann würden seine sterblichen Überreste in einem Sozialgrab der Stadt bestattet werden. Ermitteln konnte er auch dann noch, aber die Bestattung eines Menschen galt wohl nicht zufällig im wahrsten Sinne des Wortes als erste Deadline für Nachforschungen.

Wie jeden Morgen mussten Toth und seine Kollegen die Särge kontrollieren. Aufschrauben. Deckel hoch. Nachsehen, ob auch die Person drin lag, deren Name auf dem Schild am Sarg und auf einem kleinen Zettelchen an der großen Zehe des Leichnams stand. Toth brauchte etwas mehr Kraft als sonst, um den Mahagonideckel zu öffnen, und ließ ihn beinahe wieder zufallen. Denn obwohl sein erster Kunde des Tages ein Mann sein sollte, starrte ihn eine langhaarige Frau an. Mit großen, blauen Augen grinste sie aus dem Sarg. Toth war nicht sonderlich schreckhaft, doch der Anblick ließ ihn für einen Moment erstarren.

»Was schaust du denn so entsetzt? Hast du dich noch immer nicht an unsere schweigsame Kundschaft gewöhnt?«, fragte der dicke Karl, der in der Kolonne einen Sarg vor Toth stand und gerade dabei war, seinen wieder zu verschließen.

»Doch. Doch. Aber es hat mich bis jetzt noch niemand von ihnen so angestarrt«, sagte Toth und wandte seinen Blick nicht von dem fröhlichen Frauengesicht ab.

Binnen weniger Augenblicke standen alle diensthabenden Bestatter rund um Toths offenen Mahagonisarg und selbst die erfahrensten unter ihnen waren für einen Moment sprachlos. »Ein echtes Arschgesicht«, sagte Karl nach einigen Sekunden und sorgte damit für großes Gelächter in der Runde.

Vor Toth und seinen Kollegen lag der Verstorbene, ein Mann um die fünfzig, verkehrt herum im Sarg. Das Totenhemd, das er trug, war hinten offen, und so war er hinten und unten ohne. Auf seinem Allerwertesten hatte er sich eine Tätowierung machen lassen. Ein attraktives Frauengesicht. In Farbe. Gestochen scharf.

Toth blätterte die Papiere durch, auf denen die Verwaltungsmitarbeiter der Bestattung sämtliche Daten der Verstorbenen und alles über den Ablauf der Trauerfeier vermerkt hatten. Von einem Sonderwunsch, verkehrt herum bestattet zu werden, stand hier nichts.

Toth zückte sein Handy, doch noch bevor er auf das Display schauen konnte, wusste er, dass er hier nicht telefonieren konnte. Im »Bunker«, wie der Gang neben den Kühlkammern in der Bestattung genannt wurde, gab es keinen Empfang. Die Toten konnten ohnehin nicht mehr telefonieren, und Toth und seine Kollegen hatten hier unten meist keine Zeit dafür. Doch jetzt war es dringend.

Als er in der kühlen Morgenluft vor der Halle 2 stand, erledigte er aber zunächst einen anderen Anruf. Einen, den er schon seit seiner gestrigen Begegnung mit Matteo machen wollte. Denn es war endlich spät genug dafür. Er wusste, dass sein alter Polizeikumpel Chefinspektor Herbert Berger immer früh zu Bett ging, und hatte sich deshalb bis heute geduldet. »Hallo Bertl, Alexander Toth hier. Ich habe eine große Bitte an dich. Könntest du mir in euren Akten nachschauen, wie eine gewisse Maria Malatesta gestorben ist? Das war am 25. Oktober 1994. Es wäre echt dringend.«

Mit einem »Danke, du bist der Beste« beendete Toth das kurze Gespräch und suchte in seinen Kontakten die nächste Nummer. Die der Bestattungszentrale. »Hallo, Alexander Toth hier. Ich habe da eine Frage zu meinem ersten Auftrag heute in Halle 2. Der Verstorbene liegt verkehrt herum im Sarg. Könnt ihr herausfinden, ob das so gewünscht ist?«

»Ruf bitte in zehn Minuten wieder an«, lautete die Antwort der Kollegin am anderen Ende der Leitung. »Dann weiß ich das. Geht das?«

»Kein Problem. Die Trauerfeier beginnt erst in einer Stunde«, sagte Toth und bedankte sich für ihre Hilfe.

Zehn Minuten hatte er nun. Toth wusste genau, wie er diese kurze Zeit nützen würde. Als er zurück im Keller war, waren seine Kollegen samt ihren Särgen bereits in die diversen Aufbahrungshallen ausgeschwirrt. Toth war nun der einzig lebende Mensch hier unten, und diese Gelegenheit wollte er nutzen.

Vor einer Art vergittertem Kellerabteil, in dem alte Kerzenständer und ausrangierte, unbenutzte Särge lagerten, parkte noch immer Walter Pointners Rollstuhl. Marie-Theres hatte herausgefunden, dass er im Lauf des Tages abgeholt werden sollte. Er musste noch einmal überprüfen, ob er etwas übersehen hatte. Und da war ja auch noch dieser kleine Schnitt, von dem er seiner Kollegin noch immer nichts erzählt hatte. Er hatte einfach nicht daran gedacht.

Toth schob den Rollstuhl in die Mitte des Ganges, damit er ihn von allen Seiten begutachten konnte. Die schwarzen Plastikgriffe waren abgewetzt. Der dunkelblaue Lack des Gestells war teilweise abgesplittert. Das einzige Neuwertige an dem Gefährt war der dunkle Rucksack samt Sauerstoff-Flasche, der noch immer an der Rückseite der Lehne hing.

Toth öffnete den Klettverschluss der Tasche, nahm die Bedienungsanleitung heraus und blätterte sie durch. Es war eine Reise-Sauerstoff-Flasche, deren Inhalt für mehrere Tage reichte. Toth steckte das dünne Heft zurück und wickelte den Plastikschlauch auf, der an der Flasche hing und lieblos in die Tasche gestopft worden war. Er klemmte ihn zwischen Daumen und Zeigefinger und tastete ihn ab. Stück für Stück. Zentimeter für Zentimeter. Da war sie. Mehrmals fuhr Toth mit seinen schmalen Fingern über ein und dieselbe Stelle und spürte die Unebenheit in dem sonst ganz glatten Kunststoff.

Toth schaltete die Taschenlampe seines Handys an. So konnte er die Stelle genau begutachten. Im hellen Licht war er eindeutig zu erkennen, dieser winzige, ganz gerade Schnitt. So neu wie das Gerät war, konnte der Schlauch unmöglich porös gewesen sein.

Gefinkelt, dachte sich Toth. Um einen Lungenkranken unauffällig umzubringen, musste man nur die Sauerstoff-Flasche manipulieren. Aber reichte diese winzige Öffnung? War es überhaupt eine Öffnung oder war der Schnitt nur oberflächlich? Toth drehte, bog und wendete den Schlauch, war sich aber nicht sicher. Viel Sauerstoff konnte da jedenfalls nicht ausgetreten sein. War das so geplant oder war der Täter oder die Täterin womöglich gestört worden?

Toth zoomte so nah wie möglich auf den Schnitt im Schlauch und schoss mehrere Fotos davon. Beweise sind alles. Das wusste er von seinem Kumpel Bertl. Und er wusste: Wer auch immer Walter Pointner umgebracht hatte, diese Sauerstoff-Flasche konnte für ihn oder sie zum Problem werden. Und zwar zu einem richtig großen.

Die zehn Minuten waren um. Toth musste wieder raus aus dem empfangslosen »Bunker«, um zu sehen, ob seine Kollegin bereits wusste, ob sein toter Kunde absichtlich verkehrt herum im Sarg lag. Er verstaute den manipulierten Sauerstoffschlauch vorsichtig wieder im Rucksack und wollte den Klettverschluss wieder schließen, als ihm noch etwas ins Auge stach. Ein weißer Zettel. Er steckte zerknittert in einer Seitentasche des Rucksacks.

Toth fischte ihn heraus und strich ihn so gut es ging glatt, um lesen zu können, was draufstand. Es war das ärztliche Rezept, das ihm Marie-Theres am Montag unter die Nase gehalten hatte, dem er aber kaum Beachtung geschenkt hatte. Ein Rezept für Walter Pointner. Diagnose: COPD Stufe IV stand da. Die schwerste Form dieser Lungenkrankheit mit Atemnot. Toth kannte die Diagnose aus seiner Zeit als Zivildiener. Er hatte sie damals oft auf Transportscheine schreiben müssen.

Hier handelte es sich um die Verschreibung für Walter Pointners Sauerstoff-Flasche. Rechts unten hatte der Arzt wie üblich unleserlich unterschrieben und seinen Stempel daraufgedrückt. »Dr. Florian Kreutzer, Arzt für Allgemeinmedizin«, stand da in schwarzer, leicht verschwommener Schrift.

Toths Puls beschleunigte sich wie schon öfter in dieser Woche. Florian Kreutzer? Dieser Florian Kreutzer? Toth warf die Bildersuchmaschine in seinem Kopf an und sah den Mann zusammen mit seiner Frau und dem gemeinsamen, freudestrahlenden Sohn im Türrahmen des abgewohnten Hauses stehen. Walter Pointners Nachbar war also Arzt und hatte ihm den Sauerstoff verschrieben. Jener Nachbar, der nebenberuflich eine Immobilienfirma betrieb, die anstelle der heruntergekommenen Häuserzeile im Weißgerberviertel einen Neubau mit Pool am Dach errichten wollte.

Bevor Toth das Rezept wieder zurücksteckte, sah er sich noch einen etwas kleineren Zettel an, der an die Verschreibung angeheftet war. Jetzt wurde sein Puls noch schneller. Es war ein Übernahmebeleg. Die Flasche war offenbar nicht wie üblich zum Patienten nach Hause geliefert worden. Dr. Florian Kreutzer hatte die Sauerstoff-Flasche in seine Ordination bestellt und sie seinem Nachbarn drei Tage vor dessen Tod persönlich ausgehändigt. Unmittelbar vor der Italienreise. Einer Reise, von der Pointner als letzter richtiger Mieter des Hauses, das der Familie Kreutzer gehörte, nicht mehr lebend zurückkehren sollte.

Aufgewühlt und angespannt stieg Toth das Stockwerk hinauf ins Erdgeschoss der Halle 2. Vor dem Eingang atmete er die kühle Luft tief ein und bemerkte, wie die Sauerstoffzufuhr seinen Kopf etwas klarer machte. Er versuchte, seine Gedanken zu sortieren, da miaute es lautstark. Er hatte vergessen, sein Handy auf lautlos zu stellen, wie er es sonst immer während des Dienstes tat.

Es war die Kollegin aus der Verwaltung, die ihm mitteilte, dass der Kunde sich ausdrücklich gewünscht hatte, mit dem Gesicht nach unten begraben zu werden. Damit er seine verstorbene Frau, die bereits im Familiengrab lag, immer vor Augen hatte.

Mit diesem klaren Auftrag wollte sich Toth gerade auf den Weg zurück zu seinem Unten-ohne-Kunden machen, als es schon wieder miaute. Diesmal war es Chefinspektor Helmut Berger, der anrief.

Freitag, 8.48 Uhr

Er zog den gelben Plastikschemel hinter dem wackeligen Schrank hervor und ließ sich darauf nieder. Sonderlich bequem war er nicht. Doch Toth musste sich einen Moment setzen. Die Trauerfeier für den Unten-ohne-Mann hatte zwar nur etwa vierzig Minuten gedauert, sie war ihm allerdings wie die längste seiner bisherigen Bestatterkarriere vorgekommen.

Er hatte nicht wie üblich aufmerksam den salbungsvollen Worten der Hinterbliebenen gelauscht, sondern war mit seinen Gedanken ganz wo anders gewesen. Was hatte Bertl über den Tod von Maria Malatesta herausgefunden? War sie wirklich, wie von Matteo behauptet, ein Mordopfer?

Er hatte den Anruf des Chefinspektors nicht entgegennehmen können. Die Zeit war zu knapp gewesen. Und außerdem hätte er im »Bunker«, wo er den Toten abholen musste, ohnehin keinen Empfang mehr gehabt.

Toth hatte überlegt, sich für fünf Minuten von der Trauerfeier, bei der auf Wunsch des Verstorbenen, eines ehemaligen Prater-Unternehmers, alle Gäste bunt gekleidet waren, davonzustehlen, um Bertl zurückzurufen. Doch er hatte sich dagegen entschieden.

Zu riskant.

Die Vernunft hatte über seine Neugierde gesiegt.

Er wollte Bärbel Hansen nicht noch einen Anlass bieten, ihn vor das Friedhofstor zu setzen.

Doch jetzt hatte er etwas Zeit. Nicht viel, denn seine nächste Trauerfeier begann bereits in zwanzig Minuten, doch die wollte er nutzen. Deshalb saß er hier im sogenannten »Aufseherkammerl« der Halle 2. Es war eine Art Minipausenraum, knapp fünf Quadratmeter groß.

Der Aufseher war früher Portier und Hausmeister der Halle zugleich gewesen. Er hatte die Trauergäste begrüßt, das Inventar wie etwa die Kondolenzbuchständer verwaltet und war Ansprechpartner für die Bestatter und Sargträger gewesen. Das jüngste Sparpaket Bärbel Hansens für die Bestattung Wien hatte der Aufseher nicht überlebt. Zu teuer.

Seine Wirkungsstätte, das »Aufseherkammerl«, war allerdings geblieben. An den Wänden hingen nun Dienstpläne und Dankesschreiben von Hinterbliebenen. Unter einem kleinen Schreibtisch standen einige Urnen, die niemand abholte. Direkt daneben reihten sich mehrere Dosen Bohnensuppe aneinander.

Sie gehörten dem altgedienten Sargträger Manfred. Die Konservendosen waren mittlerweile mit einer Staubschicht überzogen. Denn seit einigen Monaten rührte der beleibte Mann sein einstiges Lieblingsmittagessen nicht mehr an. Das lag allerdings nicht an einer Diät oder seinem plötzlichen Hang zu einem gesunden Lebenswandel. Es hatte einen wesentlich profaneren Grund, wie man sich bei der Bestattung erzählte. Es war ein heißer Sommertag gewesen, an dem Manfred wieder einmal das »Aufseherkammerl« zu seinem persönlichen Gourmettempel umfunktioniert hatte. Geschmäcker sind

163

eben verschieden. Er saß auf dem gelben Schemel, starrte auf den sich drehenden Teller in der uralten Mikrowelle und sehnte den würzigen Geschmack seiner Lieblingsspeise herbei. Ring. Ring. Fertig war das alles andere als leichte Sommergericht.

Manfred löffelte die dampfende Suppe trotz tropischer Lufttemperaturen glücklich in sich hinein. Eine Stunde nach dem Mittagsschmaus hatte er seinen nächsten Einsatz. Er, Marie-Theres und zwei andere Kollegen mussten einen Sarg aus einer Trauerhalle tragen, um ihn auf die Ladefläche des Konduktwagens zu hieven, der vor der Halle 2 parkte.

Die Hinterbliebenen hatten damals ein Bläserquintett engagiert, das beim Auszug aufspielte. Sie waren gerade beim Refrain angelangt, als sich ein weiteres trompetenartiges Geräusch in die trauergeschwängerte Atmosphäre mischte. Es war Manfred. Die Kombination aus Hitze, Anstrengung und Bohnensuppe war seinem Verdauungstrakt offenbar zu viel gewesen. Jedes seiner Böhnchen erzeugte ein Tönchen. Es wurde ein lautstarker Abgang.

Nach der Beschwerde der Hofratswitwe wurde Manfred verwarnt und bekam ein Bohnen-Essverbot auferlegt, an das er sich sichtlich hielt. Toth schob mit seiner rechten Fußspitze die staubbedeckten Bohnendosen hin und her, während er sein Handy ans Ohr hielt und das Freizeichen bei Bertl hörte. »Servus Bertl. Sorry, dass ich erst jetzt zurückrufe. Es geht hier drunter und drüber«, sagte Toth, als der Chefinspektor abhob.

»Du hast ja mehr Stress als früher. Wolltest du nicht genau deshalb weg vom Fernsehen?«, fragte Berger mit seinem unverkennbaren Wiener Dialekt.

»Das ist eine andere Geschichte. Also sag, was hast du herausgefunden über Maria Malatesta?«

»Der Fall ist so alt, das war gar nicht so einfach, Toth. Du schuldest mir was.«

»Die nächste Runde Bier geht auf mich, Bertl.«

»Ich habe eher an ein Ehrengrab oder so etwas gedacht«, sagte der Ermittler und fügte hinzu: »Nur ein Spaß.«

»Das kriegen wir schon irgendwie hin. Und jetzt schieß los«, forderte Toth.

»Also, pass auf. Deine Maria Malatesta ist am 25. Oktober 1994 nach einem Autounfall im Krankenhaus gestorben. Nicht in Wien, sondern nahe der italienischen Grenze in Kärnten. Zum Glück auf österreichischem Boden, sonst hätte ich auf die Akten gar nicht zugreifen können.«

»Ist sie selbst gefahren?«, wollte Toth wissen.

»Am Steuer saß laut den damaligen Ermittlungsakten ihr Lebensgefährte. Ein gewisser Walter Pointner. Er wurde auch angezeigt.«

»Angezeigt? Weswegen?«

»Wegen fahrlässiger Tötung.«

»Wirklich? Lass mich raten. Angezeigt hat ihn ein gewisser Matteo Malatesta.«

»Da liegst du richtig. Wenn ich das hier richtig verstehe, war er der Sohn dieser Maria Malatesta. Er dürfte

165

damals Anfang zwanzig gewesen sein und saß hinten im Auto. Auch komisch, dass so ein junger Mann noch mit seiner Mama und deren Freund auf Urlaub fährt, aber bitte ...«

»Was war der Inhalt der Anzeige?«, fragte Toth.

»Laut den Akten hat dieser Matteo damals behauptet, der Lenker sei völlig übermüdet und alkoholisiert gewesen. Nur deshalb sei er von der Fahrbahn abgekommen und in die Leitplanke der Autobahn gekracht. Die Kärntner Kollegen haben einen Alkotest gemacht. 0,2 Promille hatte er damals. Das war also höchstens ein großes Bier.«

»Das heißt, Pointner wurde nicht belangt?«, fragte Toth.

»Die Ermittlungen wurden damals relativ schnell eingestellt. Die Kollegen sind von Sekundenschlaf ausgegangen. Tragische Geschichte.«

»Warum hat Matteo den Pointner dann angezeigt? Kannst du dir das erklären?«, hakte Toth nach.

»Warte kurz, lass mich nachsehen«, sagte der Chefinspektor. Toth hörte, wie er sich offenbar durch die Akten vor sich am Computer klickte. »Ah, da ist es ja. Das Einvernahmeprotokoll dieses Matteo Malatesta von damals.« Er murmelte etwas Unverständliches in schnellem Tempo vor sich her.

»Bertl?«, sagte Toth.

»Warte, ich hab' es gleich. Ich überfliege nur schnell, was er damals der Polizei gesagt hat.«

»Ich muss gleich los, Bertl.«

»Also die haben diesen Matteo damals auch über sein Verhältnis zu seinem Stiefvater befragt. Soweit ich das hier auf die Schnelle herauslesen kann, dürfte es nicht das Beste gewesen sein. Da steht was von schwelenden Konflikten in der Familie. Auch zu Handgreiflichkeiten zwischen Matteo und diesem Walter Pointner dürfte es vor dem Unfall einmal gekommen sein.« Berger machte eine kurze Pause. »Also wenn du mich fragst, Toth, schaut das alles danach aus, als wäre ein Sohn ziemlich eifersüchtig auf die neue Liebe seiner Mutter gewesen.«

»Bertl, du bist der Beste. Das wird ein großes Ehrengrab für dich.« Toth bedankte sich bei seinem alten Freund. »Du hast mir sehr geholfen, ich melde mich wieder bei dir. Jetzt muss ich zur nächsten Trauerfeier.«

»Halt mich auf dem Laufenden«, sagte Berger und beendete das Gespräch.

Toth starrte auf die Urnen-Bohnensuppendosen-Reihe und versuchte, seine Gedanken zu sortieren. Matteo hatte Walter also tatsächlich gehasst. Sehr sogar, wenn er ihn am liebsten im Gefängnis gesehen hätte. Deshalb auch die beiden separaten Parten für Marias Begräbnis. Und er glaubte offenbar noch heute, dass Walter seine Mutter auf dem Gewissen hatte. Hatte er jetzt späte Rache am ungeliebten Stiefvater geübt? Hatte er ihn umgebracht? Was sonst könnte die mysteriöse Botschaft auf Marias Grabstein bedeuten?

Toth musste noch einmal mit Matteo sprechen. Seine Nummer hatte er mittlerweile eingespeichert. Acht Minuten hatte er noch, bevor er die nächste Trauerfeier

167

vorbereiten musste. Er drückte auf »Anrufen«, doch es läutete nicht. Stattdessen sagte eine freundliche Frauenstimme: »Der von ihnen gewählte Gesprächspartner ist derzeit nicht erreichbar.«

Gut, es war noch etwas früh am Tag für einen Partyfotografen. Möglicherweise hatte er sein Handy abgeschaltet.

Toth googelte erneut die Homepage von Party-Matti, um zu sehen, ob es noch eine weitere Kontaktnummer gab. Das Fenster öffnete sich und Toth bemerkte es sofort. Etwas war anders als die letzten Male, als er die Webseite besucht hatte. Er scrollte auf und ab, doch sie waren tatsächlich gelöscht. Alle Termine für die nächsten Tage und Wochen, an denen Matteo als Fotograf im Einsatz sein würde, waren weg.

Das abgedrehte Handy? Die gelöschten Termine? Das konnte kein Zufall sein.

Toth tippte eine Nachricht in sein Smartphone und schickte sie an Marie-Theres. »Matteo ist verschwunden.«

Freitag, 11.03 Uhr

Er klappte das schwarz gebundene Kondolenzbuch etwas zu schwungvoll zu, sodass es eine Art Echo in der gerade noch vollen Trauerhalle erzeugte. Toth war erstaunt darüber, dass sich kein einziger der Gäste eingetragen hatte. Nicht einer. Alle Seiten waren weiß geblieben. Dabei waren es locker mehr als Hundert gewesen, die zum Abschied des stadtbekannten Friseurs gekommen waren.

Szene-Figaro nannten ihn die Zeitschriften, wenn er wieder einmal bei einer Lokaleröffnung oder einer Kinopremiere zu Gast war. Viele der C-Promis, die unzählige Male mit ihm gemeinsam für Fotos posiert hatten, waren auch da, offenbar wieder nur, um zu posieren, diesmal eben ohne ihn. Denn natürlich hatten einige Redaktionen ihre Fotografen auch zu seinem letzten, von Toth organisierten Auftritt geschickt. Sie hatten offenbar viel zu reden, aber sich nichts zu sagen, dachte sich Toth, als er das unberührte Kondolenzbuch in seinen Bestattungstrolley packte.

Fünf Anrufe in Abwesenheit, stellte er fest. Alle von Marie-Theres. Wie sollte es auch anders sein? Zweimal hatte sie ihm auf die Mobilbox gesprochen und zwei SMS geschickt.

Er öffnete die Erste: »Ich wusste doch, dass es der Matteo war!!!!«

Wieder versuchte Toth, über das vierfach ausgeführte Rufzeichen in der jüngsten SMS hinwegzusehen, und öffnete die nächste Nachricht seiner Kollegin: »Was sollen wir jetzt tun???!!«

Toth wusste, was zu tun war. Er hatte jetzt allerdings keine Zeit, es Marie-Theres zu erklären. Er musste sich beeilen. Er steckte sein Handy zurück in die Hosentasche, parkte seinen Trolley im »Aufseherkammerl« und machte sich auf den Weg ins Untergeschoss. In den »Bunker«.

Sollte Matteo tatsächlich abgehauen sein, würde er die Sauerstoff-Flasche nicht hier zurücklassen. Sie könnte ihm zum Verhängnis werden. Das musste er wissen.

Aber wie sollte er die Flasche mitnehmen? Offiziell wusste niemand von Walter Pointners Stiefsohn. Hatte er vielleicht Komplizen?

Der Arzt! Florian Kreutzer. Möglicherweise hatten sie die Tat gemeinsam geplant. Der eine wollte seinen verhassten Stiefvater aus dem Weg räumen und womöglich Geld erben, der andere einen unliebsamen Nachbarn loswerden, der einem lukrativen Immobiliendeal im Weg stand. Oder besser gesagt: saß. Im Rollstuhl.

Toth ging im Kopf die unterschiedlichsten Theorien durch, als er mit einem Druck auf eine abgegriffene Taste die Neonbeleuchtung im Keller einschaltete. Er war allein hier unten. Alle seine Kollegen waren entweder bei Trauerfeiern oder in der Mittagspause. Mahlzeit.

Er ging vorbei an der verwaisten »Lötstation«, die nur noch wenige Male pro Jahr in Betrieb war. Hier verschweißten sie Zinksärge, die jeweils für eine Gruft bestimmt waren. Damit sich der Geruch des Todes in den unterirdischen Räumen nicht ausbreiten konnte, mussten diese Särge luftdicht verschlossen werden. Eine teure Angelegenheit, die sich nur noch wenige leisteten.

Noch wenige Meter. Einmal um die Ecke. Toth würde den Schlauch des Beatmungsgerätes als mögliches Beweisstück in seiner Garderobe in Sicherheit bringen und später der Polizei übergeben. Jetzt, wo er wusste, dass Matteo offenbar auf der Flucht war, fühlte er sich dazu verpflichtet. Auch wenn er ahnte, dass ihm die Sache Ärger einbringen könnte, wenn jemand ihn erwischte. Bloß, wo war der Rollstuhl? Der Platz vor dem vergitterten Kellerabteil war genauso leer wie die Seiten im Kondolenzbuch des Star-Frisörs. Kein Rollstuhl und kein schwarzer Rucksack. Keine Sauerstoff-Flasche.

Toth stand für einen Moment wie angewurzelt da, bevor das Adrenalin seinen Ermittlergeist wieder anknipste. Er öffnete die schwere, silberne Tür zur Kühlkammer, in der Walter Pointners Gefährt samt dem für ihn einst lebenswichtigen Gerät kurz nach dessen Ankunft bei der Bestattung gelagert wurde. Doch es war, wie er es vermutet hatte. In den Stahlregalen, die bis zur Decke reichten, warteten nur einige Verstorbene in ihren Särgen auf ihre letzte Reise. Einer davon war Walter Pointner, der sie in knapp vier Stunden antreten sollte.

Wer hatte den Rollstuhl und die Sauerstoff-Flasche mitgenommen?

War es tatsächlich Matteo? Wie hatte er sich Zutritt verschafft?

Hatte er mit offenen Karten gespielt und gesagt, wer er war? Oder hatte er einen Handlanger? Florian Kreutzer hätte wohl ohne Probleme als Walter Pointners behandelnder Arzt die Sauerstoff-Flasche mitnehmen können. Wer auch immer es war, er machte sich damit mehr als verdächtig. Toth musste es herausfinden, und zwar jetzt gleich.

Die für die Jahreszeit immer noch recht kräftige Mittagssonne spiegelte sich in der verglasten Front der Bestattungszentrale, als Toth das lichtdurchflutete Entree betrat. Wer die Sauerstoff-Flasche abgeholt hatte, musste vor kurzem ebenfalls hier gewesen sein. Niemand außerhalb der Bestattung konnte wissen, wo Walter Pointners Gegenstände aufbewahrt wurden. Außerdem war der »Bunker« nur mit einem Zugangschip zu betreten.

An einem der drei Schalter war gerade kein Kunde, als Toth zielsicher auf den modernen Empfangsbereich aus hellem Holz zuging.

»Wieso ist die Sauerstoff-Flasche vom Pointner nicht mehr da?«, fragte Toth forscher, als er eigentlich wollte.

»Welche Sauerstoff-Flasche von welchem Pointner, Herr Toth?«, antwortete die für ihren Arbeitsplatz etwas zu grell geschminkte junge Frau, die Toth nur vom Vorbeigehen kannte.

»Sterbefall Walter Pointner. Der Mann, den man uns am Montag bis vor die Haustür gefahren hat. Er hatte eine Sauerstoff-Flasche bei sich, die bis vor kurzem im Keller vor den Kühlkammern stand«, sagte Toth.

»Das mit dem Mann im Rollstuhl habe ich mitbekommen. Wirklich arge Geschichte. Ich meine, ich bin ja so wie Sie noch nicht lang dabei, aber das hätte ich echt nicht für möglich gehalten«, antwortete die Empfangsdame.

»Die Sauerstoff-Flasche, wo ist sie?«, fragte Toth nun absichtlich forsch.

Die junge Frau drehte sich auf ihrem Bürostuhl nach links, beugte sich langsam etwas nach vor, sodass jedermann freie Sicht auf ihr Dekolleté hatte, und sagte dann in einem für eine Bestattungszentrale etwas zu lautem Ton: »Susi, Michi! Wisst ihr irgendwas von einer Sauerstoff-Flasche? Von dem Toten im Rollstuhl? Hat die heute wer abgeholt?«

Die beiden Damen, die vom Alter her die Mütter der jungen Kollegin hätten sein können, quittierten die Frage mit einem synchronen Achselzucken. Eine der beiden ließ sich doch noch zu einer Antwort hinreißen: »Vielleicht war das bei der Tamara. Die hat heute früher Schluss gemacht. Wie immer am Freitag. Work-Life-Balance.«

Bei dem Wort dachte Toth für einen Moment an den Grund seines Jobwechsels, schob ihn aber sofort wieder beiseite. »Könnten Sie vielleicht nachschauen, ob und – wenn ja – wer die Sauerstoff-Flasche abgeholt hat? Das müsste ja bei Ihnen irgendwo im Computer vermerkt sein«, sagte er.

»Warum ist denn das jetzt so wichtig? Kommen Sie doch einfach am Montag wieder, da ist die Tamara wieder da und Sie können sie selbst fragen«, sagte die junge Empfangsdame, als ihre Kolleginnen sich wieder ihren Kunden gewidmet hatten.

»Am Montag ist es zu spät. Ich muss es jetzt wissen«, antwortete Toth.

»Aber nur, weil Sie es sind, Herr Toth. Und nur, wenn Sie mir nachher ein Autogramm für meine Oma geben. Die ist ja so ein großer Fan von Ihnen«, sagte sie und ihre Wangen wurden dabei noch röter, als sie es mit dem vielen Rouge ohnehin schon waren.

»So viele Sie möchten. Gern auch ein Meet-and-Greet am Friedhof. Aber bitte schauen Sie mir jetzt nach, wer diese Sauerstoff-Flasche abgeholt hat«, drängte Toth.

»Moment«, murmelte die Frau und hatte offensichtlich Mühe, mit ihren langen, spitzen Fingernägeln die Computermaus zu bedienen. »Da müsste es eigentlich sein. Hä? Komisch.«

»Was ist komisch?«, fragte Toth.

»Ich kann das Programm irgendwie nicht öffnen«, bemerkte die Empfangsdame. »Susi, Michi! Tschuldigung, dass ich euch noch einmal störe. Funktioniert die elektronische Kundendatei bei euch auch nicht? Bei mir ist alles schwarz.«

»Serverwartung«, sagten die beiden Kolleginnen wieder fast synchron.

»Es tut mir leid, Herr Toth. Am besten ist es wirklich, Sie kommen am Montag wieder. Ich hoffe, das Autogramm für meine Oma bekomm' ich trotzdem«, sagte die Bestattungsmitarbeiterin.

»Wie oft denn noch? Am Montag ist es zu spät. Ich muss jetzt wissen, wer die Sauerstoff-Flasche vom Pointner abgeholt hat. Verstehen Sie? Jetzt.« Toth bemerkte zuerst das Stöckelschuh-Geschwader gar nicht, das sich vom Eingang her näherte. Als er sich schließlich umdrehte, sah er in das finstere Gesicht seiner Chefin Bärbel Hansen, die wie fast immer von ihren Adjutantinnen begleitet wurde. Sie sahen aus wie jüngere Versionen der norddeutschen Dutt-Trägerin.

»Mit welcher Trauersache ist Herr Toth denn befasst?«, fragte Bärbel Hansen und schaute dabei durch Toth hindurch zu der Empfangsdame, mit der er gerade gesprochen hatte.

»Ähm. Es geht um die Trauersache Walter Pointner. Also eigentlich nur um seine Sauerstoff-Flasche«, antwortete die Frau und klang dabei auf einmal wesentlich kleinlauter als eben noch.

»Toth, jetzt sind Sie zu weit gegangen. Jetzt ist es aus mit Ihnen«, zischte Hansen. »Ich erwarte Sie in meinem Büro.«

Bevor Toth etwas entgegnen konnte, rauschte sie samt ihrer Entourage ab. Das toughe Trio hätte bei seinem Marsch in Richtung Chefinnenbüro beinahe eine zierliche, braungebrannte junge Frau niedergemäht.

»Ich habe meine Yogamatte im Spind vergessen. Bin gleich wieder weg. Das nächste Mal musst du mitkommen, Jenny«, sagte die quirlig wirkende Frau zu der jungen, überschminkten Empfangsdame, die trotz des vielen Make-ups im Gesicht kreidebleich wirkte.

»Ich glaub, ich brauch eher einen Schnaps, Tamara«, antwortete sie.

Toth versuchte, die Worte seiner Chefin und das drohende Unheil zu verdrängen. »Sie sind Tamara?«, mischte er sich in das Gespräch ein.

175

»Ja, wieso?«, antwortete die braunhaarige Frau, die eine lila Trainingstasche in der rechten Hand hielt.

»Ich muss wissen, wer die Sauerstoff-Flasche von Walter Pointner abgeholt hat. Wie hat der Mann ausgesehen?«, fragte Toth hastig, wie immer, wenn er aufgeregt war.

»Wieso Mann? Das war eine Frau«, sagte Tamara.

»Eine Frau?«, fragte Toth perplex.

»Ja, eine Frau. Eine sehr Sympathische übrigens. Ich muss jetzt wirklich meine Matte holen und dann los. Der Yogakurs ...«, antwortete Tamara und war im Begriff, zu gehen.

»Klein. Dunkelhaarig. Slawischer Akzent?«, fragte Toth.

»Ja genau. Sie hat gesagt, sie war die Pflegerin des Verstorbenen«, antwortete Tamara, ihre Hand lag schon auf der Klinke der Tür zu einem Hinterzimmer. Dabei erntete sie neidvolle Blicke der beiden älteren Kolleginnen hinter dem Empfang, die noch bis 14 Uhr bleiben mussten.

Freitag, 13.34 Uhr

Das Flackern der Kerze, die Toth gerade angezündet hatte, war im Licht der Nachmittagssonne kaum zu erkennen. Er starrte trotzdem auf das rote Kunststoffgehäuse mit goldenem Deckel, in dem die Flamme zu erahnen war. Es war das erste Mal, dass Toth eine Kerze mitbrachte. Ihm war danach. Er war traurig. Und wütend. Diesmal musste er seinen Talar nicht in die Höhe ziehen, um sich vor das Grab von Otto Wurm zu hocken. Er hatte keinen mehr an. Statt ganz in Schwarz gekleidet, kniete er in Jeans, dunkelblauem Poloshirt und Lederjacke vor der Ruhestätte seines Mentors, in der berühmten Gruppe 40. Bärbel Hansen war es mit der Fristlosen ernst gewesen. »Viel Spaß, falls Sie dagegen klagen wollen«, hatte sie unter anderem gesagt, als sie in ihrem Büro gesprochen hatten. »Sie können jetzt gleich ihren Talar ablegen und gehen.«

Nun versank er in seinen Gedanken. »Otto, war es das alles wert? Du hast mir immer gesagt, man soll seinem Instinkt und seinem Herzen folgen. Dranbleiben. Sich nicht mit der erstbesten Antwort begnügen. Nachhaken. Das große Ganze sehen. Das waren immer deine Worte. Schau, wo mich deine Ratschläge hingeführt haben. Ich habe meine Journalistenkarriere an den Nagel gehängt, um endlich mein Leben genießen zu können. Und jetzt? Jetzt bin ich kein Journalist mehr und auch kein Bestatter. Die Hansen hat mich rausgeschmissen. Fristlos. Die Bestattung könne sich so jemanden wie mich nicht leisten, hat sie gesagt. Und weißt du, was das Schlimme ist? Sie hat wahrscheinlich sogar recht.«

Toth merkte, wie er seine Hände unbewusst zu Fäusten ballte, als er den inneren Dialog mit seinem Mentor fortsetzte. »Jetzt steh ich da und hab nichts mehr. Zum Fernsehen will ich nicht zurück und den eigentlich sichersten Job der Welt habe ich gerade verloren. Ich hätte doch einfach nur das tun sollen, weshalb ich hier überhaupt angefangen habe. In Ruhe arbeiten. Dienst nach Vorschrift. So wie man es von mir erwartet hatte. Um sieben Uhr anfangen und um 15 Uhr nach Hause gehen. Fertig.

Aber was tu ich? Ich ziehe sofort einen Mordfall an. Es war einer, Otto. Das schwör ich dir. Ganz sicher. Ich bin mir nur noch nicht einhundertprozentig sicher, wer es war. Aber ich habe einen sehr starken Verdacht.«

Toth merkte, wie seine Selbstzweifel binnen Sekunden der Neugier Platz machten. Der ehemalige Journalist in ihm wehrte sich nicht dagegen, und er ging im Kopf die möglichen Täter durch.

»Wir haben die Ökofrau aus dem Tierheim mit ihrem hölzernen Peace-Zeichen um den Hals.« 150.000 Euro hatte er dem desolaten Tierheim bereits gespendet. Womöglich hoffte sie auf mehr?

Nur zum Wohle der Tiere natürlich.

Die Kreutzers hatten wohl auch ein starkes Motiv. Die renitente Hausmeisterin würde in wenigen Wochen ausziehen. Der Einzige, der die Pläne eines modernen Neubaus mit Luxuswohnungen blockierte, war

Walter Pointner. So sehr, wie sich der kleine Paul über die Todesnachricht des betagten Nachbarn gefreut hatte, mussten sie schon mehrfach darüber gesprochen haben, dass nur noch der alte Mann dem Traum vom Pool am Dach im Weg stand. Mit einer manipulierten Sauerstoff-Flasche wäre es für den Herrn Doktor ein Leichtes gewesen, den COPD-Kranken aus dem Weg zu schaffen.

Dann Gabrijela. Warum hatte sie so kurz vor dem Begräbnis die Sauerstoff-Flasche abgeholt? Wollte sie ein wichtiges Beweisstück verschwinden lassen? Ihre Trauer um Pointner wirkte echt. Aber womöglich ist sie einfach nur eine gute Schauspielerin. Sie wäre nicht die erste Pflegerin, der ihr Klient ein Vermögen vermachte. Und da waren auch noch dieser für ihre Verhältnisse viel zu wertvolle Ring und der ominöse Satz, dass sie etwas der Polizei natürlich nicht verraten werde. Mit wem hatte sie da gesprochen? Möglicherweise mit ihrem Mann, dem Taxifahrer? Steckte er mit drin?

Und dann gab es quasi so etwas wie ein Geständnis, ein schriftliches, mit dem Finger in den Saharastaub geschriebenes, das er von allen Seiten fotografiert hatte. Toth stand auf und strich mit seiner Hand vorsichtig über die Granitkugel, die als Grabstein Otto Wurms diente, und murmelte leise »Matteo« in seinen Dreitagebart. Was ist mit Matteo? Er hasste seinen Stiefvater und gab ihm die Schuld am Tod seiner Mutter.

Toth sah ihn vor sich, wie er ihn im »Avocado« mit seinem traurigen Blick angesehen und behauptet hatte,

Walter Pointner habe seine Mutter umgebracht. Dass er nicht aufs Begräbnis kommen würde, war bei dieser Vorgeschichte wohl klar. Aber warum war er gleich verschwunden? Zumal er womöglich trotz allem ein Erbe zu erwarten hatte?

Die Liebe von Walter Pointner zu Maria Malatesta war wohl ebenso groß gewesen wie die von Matteo zu seiner Mutter. Was, wenn Walter Pointner ihr versprochen hatte, finanziell für ihren Sohn zu sorgen? Ihm möglicherweise etwas von seinen Weihnachtssong-Millionen zu vererben, und Matteo das wusste?

Eine dünne Wolke verdeckte für einen Moment die Sonne über dem Zentralfriedhof. Toth, der noch immer auf die Grabkerze starrte, sah ihr Flackern auf einmal ganz deutlich.

Der Kerzenschein beleuchtete die imposante Steinkugel, auf der Otto Wurms Name eingraviert war, von unten, als sie sich in das Gesicht des erfahrenen Journalisten mit dem weißen Schnauzbart verwandelte. Toth sah seinen Mentor vor sich. Mit ernster Miene, aber dennoch irgendwie freundlich. So wie er bis zu seinem Tod vor elf Jahren ausgesehen hatte.

Alexander Toth konnte seinen Blick nicht abwenden und hörte auf einmal auch die tiefe Stimme des einstigen Star-Journalisten. Er sagte nur einen Satz. Er war eine Botschaft. Ein Gebot, das Wurm seinem ehemaligen Studenten stets eingebläut hatte: »Man muss zu Ende bringen, was man begonnen hat – oft findet man die Wahrheit erst dann.«

Als die dünne Wolke die Sonne wieder freigab, musste Toth laut niesen. Laut und kräftig. Photischer Niesreflex. Toth gehörte zu dem einen Viertel der Menschen, die niesen mussten, wenn sie in die Sonne schauten. Das befreiende Gefühl, samt dem ohrenbetäubenden Geräusch weckte ihn aus seinem Tagtraum. Sein Kopf war frei. Otto Wurm hatte recht. Man musste zu Ende bringen, was man begonnen hatte. Das war er seinem Journalisten-Ethos schuldig. Und Marie-Theres. Und auch Walter Pointner.

Noch an Wurms Grab versuchte Toth abermals, Matteo Malatesta zu erreichen. Vergebens. Noch immer sagte die freundliche Tonbandstimme, dass der gewünschte Teilnehmer nicht erreichbar sei. Plan B musste her.

Toth öffnete den Verlauf der besuchten Internetseiten auf seinem Smartphone und landete binnen Sekunden auf der Homepage von Party-Matti. Das Sonnenlicht machte das Lesen am Display fast unmöglich, doch die Termine waren nach wie vor gelöscht. Das erkannte Toth sofort.

Aus seiner Journalistenzeit wusste er, dass jede Internetseite ein Impressum haben musste. Dort musste ausgewiesen sein, wer die Seite betrieb, mit Namen, Adresse und Telefonnummer. Möglicherweise hatte Matteo noch eine andere Handynummer.

Toths geschultes Auge hatte das Impressum in wenigen Augenblicken gefunden, rasch war es geöffnet. Sehr interessant. Es war nicht Matteo, der die Seite betrieb. Es war eine Firma. »Fotoagentur Wildpix«, stand da in hellgrauen Buchstaben. Darunter Adresse und Telefonnummer.

Es läutete zweimal, ehe sich eine freundliche Männerstimme meldete. »Fotoagentur Wildpix, Harry hier, was kann ich für dich tun?«

»Guten Tag. Mein Name ist Alexander Toth. Ich bin auf der Suche nach Matteo Malatesta. Party-Matti. Wissen Sie, wie ich ihn erreichen kann?«

»Da muss ich Sie leider enttäuschen. Matteo ist für längere Zeit nicht erreichbar«, sagte der Mitarbeiter der Fotoagentur.

»Wieso das? Hat er gekündigt?«, wollte Toth wissen.

»Unser Party-Matti doch nicht. Er hat es endlich getan«, sagte der Mann.

»Was hat er getan?«, fragte Toth ratlos.

»Er hat spontan geheiratet. Seinen Stefan. Endlich. War ein langer Weg. Jetzt hat er jedenfalls alles abgesagt und ist auf ausgiebiger Hochzeitsreise. Für ein halbes Jahr. Kein Handy, kein gar nix. Digital Detox. Nur die beiden Turteltäubchen. Aber Moment mal, wieso erzähl ich Ihnen das überhaupt? Wer sind Sie noch einmal?«

»Vielen Dank«, sagte Toth. »Sie haben mir wirklich sehr geholfen.«

Das also war es, was er seiner Mamma am Grabstein sagen wollte. Es war eine frohe Botschaft und kein Geständnis. Und deshalb auch diese ausgelassene Stimmung, diese gute Laune bei der Wahl des »Mister Avocado«. Matteo war verliebt und hatte sich entschieden. Nun wusste Toth endgültig, was zu tun war. Wenn er sich beeilen würde, könnte es funktionieren. Er scrollte durch die letzten Nummern, die er zuletzt gewählt hatte, und drückte auf die von Chefinspektor Herbert Berger. »Hallo Bertl, ich bin es schon wieder. Ich glaub, ich hab einen Fall für dich. Einen Mordfall«, sagte er.

»Einen Mordfall? Du redest aber hoffentlich nicht von dieser Maria Malatesta aus dem Jahr 1994. Der Fall ist abgeschlossen, habe ich dir doch gesagt«, antwortete Berger.

»Es geht um ihren Lebensgefährten. Walter Pointner. Er soll heute begraben werden, um 15 Uhr. Wir haben nicht viel Zeit. Du weißt ja, wenn jemand einmal unter der Erde ist, wird es schwer.«

»Hast du einen Beweis? Ohne den kann ich nix machen, Toth, das weißt du«, antwortete der Ermittler.

»Ja, ich habe einen Beweis«, sagte Toth.

»Was für einer ist das?«, fragte Berger.

»Na ja. Es ist für mich ein Beweis. Vor Gericht reicht er wohl nicht. Aber wenn du mir dabei hilfst, Bertl, habe ich einen Plan, wie wir zu einem Geständnis kommen,« sagte Toth, fixierte die Grabkerze und dankte Otto innerlich für seinen Rat.

Freitag, 15.11 Uhr

Es hatte beinahe die gleiche Farbe wie das bräunliche Herbstlaub und war so erst auf den zweiten Blick zu erkennen. Seelenruhig stand das Reh, eins der vielen, die es auf dem Wiener Zentralfriedhof gab, auf dem breiten Kiesweg zwischen den Gräbern. Es schien die Sonne zu genießen und starrte in dieselbe Richtung wie Toth.

Er hatte sich vorsichtig der langgezogenen Halle 3 genähert und stand nun vor dem breiten Tor des hellgelben Gebäudes. Zuvor hatte er sich hinter einem gut zwei Meter hohen, verwitterten Grabstein versteckt, bis alle Trauergäste in der Halle verschwunden waren.

Täglich fanden in dem Gebäude inmitten des weitläufigen Friedhofsareals, in dem sich ein Aufbahrungssaal an den anderen reihte, die sogenannten Sozialbestattungen statt. Armenbegräbnisse sagte man früher. 900 pro Jahr waren es mittlerweile. Bei 17.000 Sterbefällen in ganz Wien kein schlechter Schnitt.

Viele der Betroffenen hatten wirklich kein Geld. Bei anderen waren die Vermögensverhältnisse ungeklärt. In diesen Fällen konnte sich die Bestattung das Geld fürs Begräbnis zurückholen, etwa nach der Testamentseröffnung. So würde es wohl auch im Fall von Walter Pointner sein, vermutete Toth.

Die Halle 3 war so etwas wie der Drive-in der Wiener Bestattung. Vorfahren, schnell drankommen, fertig. Sogar Big Macs wurden hier hin und wieder serviert. So nannte man im Bestattungsjargon Särge in Übergröße, die aufgrund des ungesunden Lebenswandels vieler Menschen immer öfter zum Einsatz kamen.

Walter Pointner brauchte keinen Big Mac. Der elektrische Konduktwagen hatte ihn in einem schlichten Lärchensarg in Normalgröße vor die Halle 3 gefahren. Das hatte Toth von seinem Grabsteinversteck aus vor wenigen Minuten beobachtet. Auf dem Sargdeckel lag eine einzelne rote Rose mit einer rot-weißen Schleife. Die Farben des Wiener Stadtwappens. Alle, die ein Sozialbegräbnis bekamen, erhielten diesen schlichten Blumenschmuck auf Stadtkosten.

Vor der Halle war es mittlerweile totenstill. Das einzige Geräusch, das Toth wahrnahm, war das Pochen des Pulses in seinem Kopf. Er war aufgeregt. Eigentlich durfte er nicht hier sein. Er war gefeuert worden. Fristlos. Doch nun gab es kein Zurück mehr. Er musste zu Ende bringen, was er angefangen hatte, führte er sich noch einmal Otto Wurms Ratschlag vor Augen.

Mit einem Schlag war es aus mit der seligen Ruhe. Bumm. Es machte einen lauten Krach. Sehr laut. Ein Schuss?

Nach einem Schreckmoment wusste Toth, was es war. Die völlig veraltete Musikbox machte beim Aufdrehen seit Jahren diesen Lärm.

Der »scheintote« Friedhofstechniker hatte die Reparatur schon lang auf seiner Liste. Sie stand offenbar nicht ganz oben.

Wenige Sekunden später erfüllte eine friedliche Melodie die milde Friedhofsluft. Ein Ohrwurm, den Toth seit

fünf Tagen nicht aus seinem Kopf bekam. Helle Glocken-
klänge, dazu eine kräftige Baritonstimme. Wäre das Reh
neben Toth ein Rentier gewesen, hätte er sich wohl ge-
fühlt wie Santa Claus. »Mi mayor regalooooo. Mi mayor
regalooooo«, tönte es aus der Halle 3.

Das Reh blieb von dem spanischen Weihnachtshit völlig unbeeindruckt. Es wackelte nicht einmal mit den Ohren, sondern stand weiterhin nur einfach so da.

Für Toth war es die Chance. Genau in diesem Moment
würden alle Trauergäste andächtig auf den aufgebahrten
Sarg schauen, und er konnte unbemerkt die Halle betreten. So leise wie möglich schlich er sich durch den imposanten Eingang hinein und folgte den weihnachtlichen
Klängen. Im allerletzten Aufbahrungssaal sah Toth jenes
Bild, das sich in seinen Gedanken bereits geformt hatte.
Er blieb in dem großzügigen Gang vor dem Saal so stehen, dass er zwar hineinsehen, ihn aufgrund des Winkels
aber niemand von drinnen bemerken konnte.

Toth hatte in seiner kurzen Bestatterlaufbahn einige
Sozialbegräbnisse begleitet. Meistens waren die Stühle
dabei leer geblieben. Auch Blumenschmuck hatte es nur
selten gegeben. Lediglich ein Pfarrer oder ein Trauerredner, von der Stadt organisiert, hatte eine kurze Anspra-
che gehalten und die verstorbenen Menschen gewürdigt,
die sie nicht kannten. Bei Walter Pointner war das anders. Die ersten beiden Stuhlreihen waren besetzt. Toth
musterte die Trauergäste. Einen nach dem anderen.

Ganz vorn saß Gabrijela. Sie hatte ein schlichtes,
schwarzes Kostüm angezogen. Ihre Haare hatte sie mit

einem dunklen Gummiband zu einem Zopf gebunden. Toth sah nur ihren Hinterkopf. Doch die Pflegerin weinte offensichtlich. Immer wieder fuhr sie mit einem zerknüllten Taschentuch in ihr Gesicht, wahrscheinlich um die Tränen zu trocknen. Michael, ihr Lebenspartner, saß direkt neben ihr. Der Taxifahrer hatte seinen Arm schützend um ihre Schulter gelegt. Auch er trug schwarz.

Auf der anderen Seite der ersten Reihe saßen die Kreutzers. Florian und Stephanie hatten auch ihren Sohn Pauli mit dabei, der unruhig auf dem Sessel hin- und herrutschte. Soweit Toth das erkennen konnte, hatten die Eltern dem Buben ein schwarzes Mascherl um den Hals gebunden.

Direkt dahinter hatte ein Berg aus Haaren Platz genommen. Toth erkannte die Dreadlocks sofort. Es war die Leiterin des Tierheims, der Walter Pointner drei rote Katzenfiguren zu verdanken hatte und sie ihm 150.000 Euro. Sie hatte offenbar einen Freund mitgenommen, der von hinten genauso aussah wie sie selbst.

Und dann war da noch eine Frau, die direkt hinter Gabrijela und Michael saß. Wer war sie? Toth hatte sie schon einmal gesehen, da war er sich sicher. Wer war sie nur? Kannte sie Walter Pointner? Oder war es eine Friedhofsbesucherin, die sich einmal ein Sozialbegräbnis ansehen wollte?

Toth kramte gerade gedanklich in seinem Bildspeicher, als die Frau ihren Kopf drehte, offenbar um zu schauen, ob hinter ihr noch Trauergäste saßen. Die Wyribal. Die Hausmeisterin aus Walter Pointners Haus. Statt zu einer geblümten Bluse hatte auch sie heute zu einer schwarzen gegriffen.

Ganz vorn im Saal war der Lärchensarg aufgebahrt, den Toth schon bei der Ankunft vor wenigen Minuten gesehen hatte. Davor stand ein schwarz gerahmtes Bild von Walter Pointner. Er sah glücklich und zufrieden darauf aus. Die weißen Haare glatt zurückgekämmt, braungebrannt, strahlend weiße Zähne. Kein Vergleich mit dem blassen, eingefallenen Mann, den Toth und Marie-Theres sitzend im Rollstuhl in der Kühlkammer gesehen hatten.

Auf zwei Ständern hingen Blumenkränze. Es waren florale Meisterwerke von Meter. Unzählige gelbe Nelken hatte sie dafür gemeinsam mit grünen, spitzen Palmenblättern zu zwei prächtigen Kränzen gebunden. Sie leuchteten wie zwei Sonnen in dem abgedunkelten Raum. Die eine Schleife hatte Toth schon einmal gesehen. »In tiefer Trauer, FSP«, stand darauf geschrieben.

Mittlerweile wusste Toth, dass FSP für Florian, Stephanie und Paul stand. Der andere Kranz war von Gabrijela. »In lieber Erinnerung, Ihre Gabi«, hatte die Pflegerin auf die hellgelbe Schleife schreiben lassen.

Am Boden vor den beiden Blumenkränzen hatte es sich eine Katze bequem gemacht. Ohne Fell und Schnurrbart. Sie war Gold bemalt und etwas größer als die roten Katzenfiguren in Walter Pointners Wohnung. Um den Hals hatte sie eine Schleife gebunden, mit einem Schild daran. Toth musste sich stark konzentrieren, um zu erkennen, was darauf geschrieben stand. »Danke für Ihre langjährige Unterstützung« glaubte er zu erkennen.

Hätte Toth es nicht besser gewusst, hätte er geglaubt, es sei Walter Pointners Familie, die hier von ihm Abschied nahm.

Als mit einem kräftigen Glockenschlag das Weihnachtslied verstummte, trat ein andächtig dreinschauender Mann vor Walter Pointners Sarg. Er war offenbar der Trauerredner.

Er klappte eine dünne, schwarze Mappe auf, rückte den Zettel darin zurecht und sprach mit monotoner Stimme: »Wir haben uns hier heute versammelt, um von unserem lieben Verstorbenen, Walter Pointner, Abschied zu nehmen...«

Toth konnte sich kaum auf die Worte konzentrieren. Er merkte, wie er von einem Bein auf das andere stieg und immer nervöser wurde. Wo war er bloß? Hatte er es sich doch anders überlegt? War wirklich alles umsonst gewesen?

»Walter Pointner war ein tierliebender Mensch, der sein letztes Hemd für Katzen und Hunde gegeben hätte, und natürlich für seinen Hamster, der während seiner letzten Reise dankenswerterweise bei seinen lieben Nachbarn ein vorübergehendes Zuhause gefunden hatte«, sagte der Trauerredner gerade, als es wieder einen lauten Krach machte.

Der war allerdings für niemanden außer Toth zu hören. Es war der Felsbrocken, der ihm soeben vom Herzen gefallen war. *Er* hatte ihn nicht im Stich gelassen. Er hatte sein Versprechen eingelöst. Jetzt musste sein Plan nur noch aufgehen. Wenn nicht, würde er vor Scham tot umfallen und sich gleich mit Walter Pointner begraben lassen.

Seine schweren Schritte hallten durch den weitläufigen Gang der Halle 3. Herbert Berger hatte wie immer seine braunen Lederstiefel an und kam begleitet von zwei uniformierten Polizisten direkt auf Toth zu, der immer noch neben der Tür des Aufbahrungssaals stand. Toth deutete mit einem Finger in Richtung erster Reihe und Berger quittierte den Hinweis wortlos mit hochgestrecktem Daumen. »Ich störe diese Feier nur ungern«, sagte er laut.

Dem Trauerredner fiel beinahe die Mappe aus der Hand, und er verstummte augenblicklich. Anstelle der Hinterköpfe waren in den Reihen nun erstaunte Gesichter zu sehen, fassungslos hatten die Trauergäste sich zu ihm umgekehrt.

Zielstrebig steuerte Chefinspektor Herbert Berger, begleitet von seinen jungen Kollegen, die erste Sitzreihe an und blieb davor stehen. Auf Toth wirkte die Szene wie in einem dieser Fernsehkrimis, die er sich sonntags gern ansah. Nur war hier alles echt. Sein Puls hatte mittlerweile den Takt des Radetzky-Marschs erreicht. Die nächsten Sekunden würden über alles entscheiden. Wirklich alles. Toth merkte, wie ein Schweißtropfen von seiner Stirn perlte.

»Frau Gabrijela Dumitru. Ich verhafte Sie wegen des Verdachts des Mordes an Herrn Walter Pointner«, sagte Berger mit seiner kräftigen Stimme mit wienerischem Einschlag.

Totenstille.

Der Trauerredner saß mittlerweile auf dem steinernen Sockel der Aufbahrungsvorrichtung. Die Trauergäste saßen stumm und starr auf ihren Stühlen. Niemand bewegte sich. Niemand gab einen Ton von sich.

Komm schon, dachte Toth, der das Ganze noch immer vom Gang aus beobachtete und sich den Schweiß inzwischen mit dem Handrücken von der Stirn wischte. Jetzt gib's schon zu. Mach es endlich!

Gabrijela blieb reglos auf ihrem Stuhl sitzen und starrte den Ermittler entgeistert an.

Berger legte nach und holte einen gefalteten, weißen Zettel aus seiner Jackentasche: »Das hier ist die Genehmigung für eine Hausdurchsuchung bei Ihnen. Ich bin gespannt, was wir dort finden. Vielleicht eine Sauerstoff-Flasche?«

Die Pflegerin senkte ihren Kopf nun in Richtung ihrer Knie und begann laut zu schluchzen. Toth konnte es sogar vom Gang der Trauerhalle aus hören.

Als Gabrijela ihre zittrige Stimme erheben wollte, löste ihr Mann Michael seinen Arm von ihrer Schulter, erhob sich, baute sich vor dem Chefinspektor auf und sagte für alle im Saal deutlich hörbar: »Lassen Sie meine Frau in Ruhe. Ich war es!«

Freitag, 16.41 Uhr

Wie mit einer Pinzette zupfte sie mit zwei Fingern behutsam einzelne, weiße Katzenhaare von seiner Schulter und strich dann liebevoll über den rauen Stoff seiner Lederjacke. »So mein Lieber«, sagte Marie-Theres. »Jetzt bist du bereit fürs Fernsehen. Du sollst ja schließlich was gleichschauen bei deinem Minicomeback, jetzt wo du ein Held bist.«

»Ich bin viel, aber kein Held«, antwortete Toth und zog seine etwas zu große Jacke zurecht. »Und damit du es weißt: Das mach ich nur dir zuliebe.«

Er hätte nicht gedacht, so schnell wieder vor einer Fernsehkamera zu stehen. Schon gar nicht als Gegenüber des Kameramannes, mit dem er jahrelang selbst unterwegs gewesen war. Der über 70-jährige Ex-Kollege von Toth, der schon längst die Pension hätte genießen können, war besessen von seinem Beruf. Er war so etwas wie der Schatten der Polizei. Tag und Nacht hörte er illegalerweise den Polizeifunk mit, und wann immer es irgendwo in der Stadt einen großen oder spannenden Einsatz gab, war er mit seiner Kamera vor Ort. Als er von der Festnahme eines Mordverdächtigen am Wiener Zentralfriedhof gehört hatte, war ihm sofort klar gewesen, dass das eine gute Geschichte sein würde. Nun stand er hier, direkt neben der Halle 3, vor der einige Polizeiautos parkten.

Toths Nachfolgerin beim Sender, eine junge TV-Reporterin mit schwarzem Pagenschnitt und rahmenloser Brille, war ebenfalls gekommen. Sie hatte aus Berger bereits die wichtigsten Informationen herausgekitzelt, nachdem der Chefinspektor Michael Planck noch in der Trauerhalle zum Mordfall Walter Pointner befragt hatte.

Berger hatte ihr auch davon erzählt, wie Alexander Toth, der ehemalige Journalist, dem Verdächtigen auf die Spur gekommen war.

Toth war alles andere als begeistert, dass die Jungjournalistin ihn zu der Sache befragen wollte. Nach einem Blick in Marie-Theres' Gesicht war ihm klar, dass eine Absage nicht infrage kommen würde. Und sie hatte recht. Schließlich war das Interview auch seine einzige Chance, seinen Job als Bestatter wiederzubekommen. Es würde Bärbel Hansen unter Zugzwang setzen, wenn sie sah, dass er einen Mordfall aufgeklärt hatte.

»Bist du bereit, Alex?«, fragte die Reporterin, die sich neben den Kameramann gestellt hatte und das Mikrofon umklammerte.

»Es bleibt mir wohl nichts anderes übrig«, sagte Toth trocken.

»Also gut. Herr Toth. So wie es nach den ersten Ermittlungen aussieht, hat der Verdächtige zunächst versucht, das Sauerstoffgerät des Opfers zu manipulieren. Weil ihm das zu langsam ging, erstickte er den Mann schließlich mit einem Kissen. Wie sind Sie da draufgekommen?«

Toth warf Marie-Theres einen auffordernden Blick zu und deutete ihr mit einer einladenden Handbewegung, sich neben ihn zu stellen. »Also ohne meine Kollegin Marie-Theres wäre dieser Mord nie aufgeflogen«, sagte

Toth und zog seine Kollegin am Ärmel neben sich vor die Kamera. »Ihrem Instinkt ist es zu verdanken, dass wir der Sache überhaupt nachgegangen sind und den Schnitt im Schlauch der Sauerstoff-Flasche entdeckt haben.«

Marie-Theres' Gesicht wurde mit einem Mal so rot wie Toths Haare. So forsch und vorlaut sie normalerweise war, so schüchtern und zurückhaltend agierte sie vor der Kamera.

»Was wissen Sie denn zum Motiv? Aus Ermittlerkreisen hört man, dass Eifersucht der Grund für die Tat gewesen sein soll«, fragte die Journalistin weiter.

»Da bin ich der falsche Ansprechpartner. Das müssen Sie Herrn Chefinspektor Herbert Berger fragen«, antwortete Toth. Die Reporterin holte nun zu einer persönlicheren Frage aus.

»Herr Toth, viele Zuschauerinnen und Zuschauer kennen Sie noch als Moderator und Reporter. Sie haben über unzählige Verbrechen berichtet, bevor Sie sich entschieden haben, Bestatter zu werden. Reizt es Sie nach diesem Fall, wieder zurückzukehren?«

»Der Nervenkitzel der vergangenen Tage war schon aufregend«, sagte Toth.

»Aber ich sag es Ihnen ehrlich, ich genieße die Ruhe hier am Friedhof. Ich habe mich dafür entschieden, Bestatter zu werden. Ein alter Freund hat einmal zu mir gesagt, was man anfängt, soll man auch zu Ende bringen, das gilt auch für meinen neuen Job. Außerdem habe ich hier die tollste Kollegin, die man sich wünschen kann.« Er lächelte Marie-Theres zu.

»Vielen Dank für das Interview«, sagte die Journalistin mit dem Pagenkopf und steckte das Mikrofon in ihre dunkelgrüne Umhängetasche.

»Einmal Profi, immer Profi«, fügte der Kameramann hinzu und richtete die Linse für einige Schnittbilder auf die Halle 3, die langsam in der Dämmerung verschwand.

»Die Mama wird sich freuen, mich wieder im Fernsehen zu sehen«, sagte Toth und verabschiedete sich von seinen ehemaligen Kollegen.

Wie jeden Abend tauchten mit der Dunkelheit die unzähligen brennenden Kerzen auf den Gräbern des Zentralfriedhofs auf, ein Schauspiel, das ihn immer wieder aufs Neue fesselte. Toth und Marie-Theres schlenderten langsam durch die Gräberreihen und sprachen einige Minuten nichts. Toth spürte die Erleichterung. Es war eine schwere Last, die nach Michael Plancks Geständnis von ihm abgefallen war.

Toth hatte viel riskiert, und es hatte geklappt.

»Jetzt sag schon. Der Berger hat dir doch sicher was zum Motiv erzählt«, brach Marie-Theres als Erste das Schweigen.

»Na, was glaubst du?«, antwortete Toth und setzte sein spitzbübisches Grinsen auf.

»Sag schon. Warum hat er es getan?«

»Die Reporterin hatte recht. Es war Eifersucht.«

»Was? Er war eifersüchtig auf den alten Mann im Rollstuhl?«

»Seit Gabrijela begonnen hatte, für den alten Pointner zu arbeiten, hatte sie nur noch ihn im Kopf. Ihr ganzes

Leben drehte sich um sein Wohlergehen. Er hat ihr mit seiner charmanten Art offenbar den Kopf verdreht.«

»Das heißt, sie war verliebt in ihn?«

»Das glaub ich nicht. Aber sie hat ihn verehrt und er sie. Als sie Walter Pointner zu uns zur Bestattung gebracht hat, hatte sie diesen wertvollen Ring am Finger. Der war von Pointner. Offenbar ein Familienerbstück, für das er keinen Bedarf hatte. Ein Geschenk des Respekts und der Dankbarkeit«, sagte Toth.

»Ein Geschenk, das Michael nicht gefallen hat?«, fragte Marie-Theres.

»Er konnte seiner Gabi als Taxifahrer materiell nicht annähernd das bieten, was Pointner dank seiner Song-Millionen möglich war. Das hat immer öfter zu Streit zwischen den beiden geführt. Sie haben so gestritten, dass sich Gabrijela sogar von ihm trennen wollte.«

»Und dann noch der gemeinsame Urlaub.«

»Genau. Da sind ihm dann die Sicherungen durchgebrannt. Rasend vor Eifersucht ist er den beiden hinterher nach Italien gefahren und hat sie beobachtet. Walter Pointner und Gabrijela wohnten dort in einem Erdgeschoss-Apartment. Als Pointner bereits im Bett lag und Gabrijela noch einen Abendspaziergang machte, stieg er in die Wohnung ein und ritzte die Leitung der Sauerstoff-Flasche an«, sagte Toth. »Er wusste wohl, dass Walter Pointner nicht mehr allzu lang leben würde, doch er wollte seine Gabi wieder für sich haben. Jetzt sofort. Und nicht erst in ein, zwei Jahren. Er konnte davon ausgehen, dass Pointners Tod keine langen Untersuchungen nach sich ziehen würde, wenn er es geschickt anstellte.«

Sie blieben vor dem Mausoleum von Maria Malatesta stehen und blickten in das hübsche Gesicht im goldenen Rahmen.

»Vielleicht werden sie ihn doch noch hierher umbetten, wenn alles geklärt ist ...« Toth nickte nachdenklich. »Das wäre irgendwie ein Happy End.«

Eine Weile schwiegen sie. »Aber was ist passiert, nachdem der Mann ins Appartement eingestiegen war?«, fragte Marie-Theres schließlich.

»Es war genau so, wie meine Nachfolgerin gesagt hat. Es ging ihm zu langsam. Pointner merkte, was los war, und wehrte sich. Deshalb drückte er ihm einen Polster so lang aufs Gesicht, bis der alte Mann zu atmen aufhörte.«

»Die Liebe holt auch nicht immer das Beste aus uns Menschen hervor«, sagte Marie-Theres. »Warum wollte Pointner in seinem Zustand überhaupt noch einmal nach Italien?«

»Du weißt ja, Maria Malatesta ist bei einem Autounfall kurz vor der italienischen Grenze gestorben«, sagte Toth.

»Ja und?«

»Nicht nur sein Stiefsohn Matteo hat ihm die Schuld an dem Unfall gegeben, auch Pointner selbst hat sich Vorwürfe gemacht. Die Schuldgefühle haben ihn fast zerfressen. Es war für ihn ein Ritual, einmal im Jahr nach Italien zu fahren, an jenen Ort, an den er mit seiner Maria wollte. Und zwar immer im Oktober. Er wollte die Reise, die damals, 1994, so tragisch zu Ende gegangen ist, vollenden, an sie denken und ihr in Gedanken nahe sein«, sagte Toth.

»Er dürfte ein echter Romantiker gewesen sein, unser Pointner. Ein Liebeslied, das er in Dauerschleife abspielt und dann auch noch dieses jährliche Reise-Ritual. Solche Männer gibt's nur noch selten«, sagte Marie-Theres und warf Toth dabei einen treuherzigen Blick zu.

»Was hat Gabrijela dann eigentlich mit diesen mysteriösen Sätzen gemeint?«

»Sie war bei Pointner schwarz angestellt. Das war es, was sie der Polizei natürlich nicht gesagt hatte«, erklärte Toth.

»Warum hat sie ihn selbst hierher gefahren?«

»Das hat ihr Michael geraten, den sie in ihrer Panik als ersten angerufen hat. Er vermutete wohl ganz richtig, dass es die Wiener Polizei mit einem greisen Toten weniger genau nehmen würde als die italienische, die aufgrund des grenzüberschreitenden Charakters des Falles wahrscheinlich viel mehr Aufhebens um die Sache gemacht hätte. Die Sauerstoff-Flasche hat sie dann nur abgeholt, weil sie gemietet war und zurückgegeben werden musste.«

»Und was meinte sie mit den ›richtigen Händen‹, in die ›sie‹ kommen solle?«

»Da ging es um Lisa.«

»Wer ist jetzt Lisa?«

»Lisa ist Pointners Hamster.«

Marie-Theres schüttelte nachdenklich den Kopf. »Und ich hätte am Schluss alles darauf gewettet, dass es Matteo war.«

»Es hat auch wirklich so ausgesehen.«

»Eine Sache verstehe ich noch immer nicht. Warum hat er sich damals im Club das Weihnachtslied spielen lassen? Ich dachte immer aus Vorfreude auf sein Erbe.«

»Die ›Mister-Avocado-Wahl‹ war am 25. Oktober. Richtig?«

»Na und?«

»Schau mal da.« Toth zeigte auf die Inschrift auf dem weißen Marmor von Maria Malatestas Mausoleum.

Marie-Theres staunte. »Was dir alles auffällt! Es war ihr Todestag. Aber er hat doch den Texter des Liedes gehasst.«

»Er wusste, dass sie ihn geliebt hat. Es war wohl seine beste Möglichkeit, ihr ein Zeichen zu schicken. Manchmal holt die Liebe anscheinend doch das Beste aus uns heraus.«

Marie-Theres nickte und blickte verträumt in den Abendhimmel, der sich über den Wiener Zentralfriedhof spannte.

Freitag, 18.03 Uhr

Das Licht der silbernen Schreibtischlampe beleuchtete ihr Gesicht nur von einer Seite, sodass Bärbel Hansen in dem sonst dunklen Raum beinahe wie das Phantom der Oper aussah.

Die Bestattungschefin hatte ihren höhenverstellbaren Schreibtisch diesmal auf Sitzniveau heruntergelassen und versank förmlich in dem für ihre Statur viel zu großen Lederdrehstuhl.

Ihre Brille saß weit vorn auf ihrer markanten Nase, als sie darüber hinwegblickte und Toth begrüßte.

»Da sind Sie ja endlich. Wegen Ihnen muss ich Überstunden machen, Toth. Dabei hat man mir in Hamburg immer gesagt, in Wien kannst du am Freitag zu Mittag nach Hause gehen.«

»Es tut mir leid, Chefin. Ich wollte nicht für so viel Unruhe am Friedhof sorgen«, sagte Toth und setzte seinen Dackelblick auf, mit dem er schon als Kind seine Lehrerinnen bezirzt hatte.

»Jetzt rede ich, Toth«, unterbrach Hansen den Entschuldigungsversuch ihres Ex-Mitarbeiters und rückte das Minidampfschiff auf ihrem Schreibtisch so zurecht, dass es parallel zur Tischkante stand.

»Ich kann so Leute wie Sie hier absolut nicht gebrauchen. Diskretion ist unser oberstes Gebot. Unsere Geschäftsgrundlage, Toth, verstehen Sie? Sie haben gegen jede Regel verstoßen, die es in diesem Gewerbe gibt. Gegen jede!«

»Sie haben mich eh schon rausgeschmissen Chefin, vergessen?«, sagte Toth vorsichtig.

»Ich bin noch nicht fertig, Toth«, herrschte Hansen ihn an. »Ich muss auch auf meinen Ruf achten. Wie würde das denn aussehen, wenn ich Sie jetzt vor die Tür setze, wo sogar das Fernsehen über den Bestatter berichtet, der einen Mord aufgeklärt hat. Wie sind Sie überhaupt draufgekommen, wer der Mörder war?«

Toth holte einen zerknitterten Zettel aus seiner Hosentasche und faltete ihn auf Bärbel Hansens sterilem Schreibtisch auf.

»Was ist das?«, fragte die Bestattungschefin.

»Die Kopie eines Tankbelegs. Das Original hat Chefinspektor Berger«, sagte Toth.

»Aha. Und was für ein Tankbeleg soll das sein?« Sie drückte die Brille fest auf ihre Nase und las.

»Eine Tankrechnung aus Italien«, sagte Toth.

»Ausgestellt genau an dem Tag, an dem Walter Pointner gestorben ist. Den habe ich im Taxi von Michael Planck gefunden. Da war ich mir relativ sicher, dass er mit der Sache was zu tun hat. Warum sollte er sonst ausgerechnet an den Ort fahren, an dem seine Lebensgefährtin und ihr Klient gerade Urlaub machten?«

»Was? Das ist alles?«

»Ich wusste, vor Gericht reicht das nicht. Aber ich hoffte, dass er gestehen würde, wenn es ernst für seine Lebensgefährtin werden würde.«

»Darauf hat sich die Wiener Polizei eingelassen? Also in Deutschland würde das nicht gehen, das sag ich Ihnen.«

»Wien ist anders«, sagte Toth und spürte, wie es in seiner rechten Hosentasche vibrierte.

»Das habe ich schon mitbekommen, Toth. Wer erbt jetzt eigentlich das ganze Vermögen dieses reichen Mannes im Armengrab?«

»Der Mensch, der sich mit reinem Herzen um ihn gekümmert hat«, sagte Toth.

»Sie sprechen in Rätseln. Wer war denn das?«

»Gabrijela Dumitru. Seine Pflegerin«, erklärte Toth.

»Die Frau, die beim Kundengespräch so einen Aufstand gemacht hat und sich mehrfach über Sie beschwert hat?«

Toth nickte. »Sein Stiefsohn bekommt auch eine stattliche Summe.«

»Wie auch immer. Ich stelle Sie wieder ein, Toth. Aber nur unter einer Bedingung. So etwas darf nie wieder vorkommen«, sagte Hansen. »Nie wieder. Ist das klar?«

»Es wird kein zweites Mal geben. Versprochen«, versicherte Toth und fischte dabei sein Handy aus der Hosentasche.

Seine Mutter hatte ihm ein SMS geschrieben. »Endlich bist du wieder im Fernsehen!! Du machst dich gut als Ermittler! Am Sonntag auf ein Schnitzel bei uns? Bussi, Mama.«

Also die ewige Ruhe ist auch nicht mehr das, was sie einmal war. Ich hätte es mir jedenfalls anders vorgestellt, das Tot-Sein. So viel Aufregung und Tamtam. Für mich war es hauptsächlich ein Hörspiel. Aber es hat ganz spannend geklungen, was da in der Aufbahrungshalle um meinen Sarg herum passiert ist. Besser als jeder Tatort-Krimi. Die arme Frau Gabi, sie muss furchtbar erschrocken sein, als dieser Polizist sie festnehmen wollte. Zum Glück musste ich nicht ihr entsetztes Gesicht sehen. Aber ich habe sie gewarnt vor diesem Mann in unseren unzähligen Gesprächen. Ich habe ihr immer wieder gesagt: »Frau Gabi, Sie haben etwas Besseres verdient.« Aber die Liebe. Was soll ich sagen. Zumindest ums Geld muss sich diese wunderbare Frau jetzt keine Sorgen mehr machen. Aber jetzt würde ich bitte gern wirklich etwas Ruhe genießen. Irgendeinen Vorteil muss es doch haben, tot zu sein. Wozu bin ich sonst hier auf den Wiener Zentralfriedhof gezogen?

ENDE

Halt!

Noch nicht den Deckel zuklappen! Also den des Buches. Denn bevor wir dem armen Walter Pointner endlich seine wohlverdiente Ruhe im Holzpyjama gönnen, möchte ich mich noch bei einigen Menschen bedanken, ohne die es Alexander Toths ersten Fall nicht geben würde.

Zuallererst bei Peter Holeczek von der Bestattung Wien. Er ist mir so wie bei meinem letzten Buch, *Schluss – mit lustig!*, auch diesmal mit Rat und Tat zur Seite gestanden. Egal, welche Frage ich rund ums Thema Beerdigung hatte, Peter konnte sie beantworten und Licht ins Dunkel bringen.

Ein großes Dankeschön gilt auch Doris Dvorak. Sie ist eine der wenigen weiblichen Bestatterinnen in Wien. Ich durfte sie als eine Art Praktikant einen Tag lang bei ihrer Arbeit begleiten. Vom morgendlichen Sarg-Stau vor der Kühlkammer bis hin zum Ablegen des Trauertalars. Danke für deine Offenheit und dein Vertrauen.

Bei Gerichtsmediziner Christian Reiter und Polizeijurist Manfred Reinthaler bedanke ich mich für ihre fachliche Expertise in Sachen Mordermittlungen und Obduktion. Ich weiß jetzt mehr darüber als nach unzähligen Tatort-Folgen vor dem Fernseher.

Bei meiner Dramaturgin Ines Häufler möchte ich mich für die unzähligen Stunden des gemeinsamen Nachdenkens bedanken. Ich freu mich auf die nächsten belegten Brötchen mit dir.

Ein großer Dank gilt auch Bestseller-Autorin Ursula Poznanski. Danke dir für deine Zeit und für die wertvollen Rückmeldungen auf meinen ersten Roman.

Ein großes Dankeschön an meine gesamte Familie. Ihr seid die Besten.

Und bei Ihnen, liebe Leserinnen und Leser, bedanke ich mich, dass Sie in die Holzpyjama-Affäre eingetaucht sind und hoffentlich Spaß und Spannung dabei hatten. Und jetzt würde ich sagen, lassen wir Walter Pointner wirklich seine Ruhe. Es wäre sein größtes Geschenk.

Mit freundlicher Unterstützung von

Kurzinterview mit dem Autor

*Wie bist du auf die Idee gekommen,
einen Zentralfriedhofs-Krimi zu schreiben?*

Ich bin tatsächlich eines Morgens aufgewacht und hab mir gedacht, ich möchte einen Krimi schreiben, der auf dem Zentralfriedhof spielt. Damals habe ich viel für mein Buch *Schluss – mit lustig!* bei der Bestattung Wien recherchiert und war oft am Friedhof. Das Ambiente, die Stimmung dort, die Menschen, die Geschichten, die unter jedem Grabstein schlummern – es ist der perfekte Schauplatz für einen Krimi.

Wie viel von dir steckt in Alexander Toth?

Ich habe viel von meinen Erfahrungen aus knapp zwanzig Jahren als Journalist in den Protagonisten meines Krimis gepackt. Dinge, die mir auf der Straße oder bei der Arbeit so ähnlich auch schon passiert sind. Alexander Toth ist aber ein völlig anderer Typ als ich. Er ist bedachter, ruhiger und auch sein logisches Denken ist wohl besser ausgeprägt als meines. Außerdem habe ich weder rote Haare noch habe ich vor, meinen Job als Journalist an den Nagel zu hängen. Ein bisschen Digital Detox würde aber ehrlicherweise auch mir guttun. Ach ja: Und Schinkenfleckerl mag ich auch gern.

Wird es einen neuen Fall für
Toth und Marie-Theres geben?

Nachdem ich das Buch fertiggeschrieben habe, war es richtig schwer für mich, Abschied von den Figuren zu nehmen. Im Zuge des ganzen Prozesses sind mir Alexander Toth, Marie-Theres, Meter und sogar Bärbel Hansen richtig ans Herz gewachsen. Man lebt beim Schreiben mit seinen Figuren mit, freut und ärgert sich mit ihnen gemeinsam. Ich denke, es gibt noch einiges, was Alexander Toth am Zentralfriedhof herausfinden könnte. Natürlich gemeinsam mit Marie-Theres. Nur Bärbel Hansen sollten Sie das nicht erzählen.

Schluss – mit lustig!

Wahre Wiener Begräbnisgeschichten

Wenigstens der Tod ist noch witzig. Zumindest dann, wenn der prominente ORF-Moderator Patrick Budgen tatsächlich geschehene Begräbnispannen zu pointierten, kurzen Geschichten verarbeitet. Erzählt hat sie ihm Peter Holeczek, Leiter der zentralen Kundenservicestelle der Bestattung Wien. Wie kamen die Bowlingkugeln in den Sarg? Was ist im Branchen-Jargon ein Big Mac? Und warum umkreiste ein toter Schauspieler im Sarg das Burgtheater? Budgen beantwortet solche Fragen beschwingt und erheiternd und nimmt dabei dem Tod den Schrecken.

192 Seiten, 22€
ISBN: 978-3-99001-626-8